AF285374

Bevor es hier losgeht und die Feen um den Weihnachtsbaum tanzen, muss ich mich unbedingt bei Ines Wiesner bedanken, der die Idee zur „Zauberhaften Dresdner Weihnacht" gekommen ist.

Sie hat es zu ihrem Herzensprojekt gemacht und nun dürfen Margarethe Alb und ich die ersten Autorinnen sein, die unter dem wundervollen Label unseren Weihnachtssenf dazu abgeben.

Herzlichen Dank liebe Ines!

Denise Bormann

# Tilly

–

# Eine Fee zu Weihnachten

## Impressum

Bibliografische Information der Deutschen Nationalbibliothek:
Die Deutsche Nationalbibliothek verzeichnet diese Publikation in der
Deutschen Nationalbibliografie; detaillierte bibliografische Daten sind im
Internet über http://dnb.dnb.de abrufbar.

© 2022 Denise Bormann

Umschlaggestaltung: Margarethe Alb
Korrektorat: Ines Wiesner (Correctio – Freie Korrektorin)

Herstellung und Verlag: BoD – Books on Demand, Norderstedt

ISBN: 978-3-7568-4546-0

# KAPITEL EINS

Genervt warf Julja einen Blick auf ihr Spiegelbild. Ihr Gesichtsausdruck wurde grimmig. Sie hatte sich sehr gefreut, als die Postbotin heute mit dem großen Paket vor ihrer Wohnungstür gestanden hatte. Nach den gewaltigen Veränderungen in ihrem Leben, in den vergangenen Monaten, wollte sie sich mit neuen Klamotten belohnen. Ein weiterer Schritt auf ihrem Neuanfang.

Doch in keinem der Kleidungsstücke gefiel sie sich. Zu lang, zu kurz, zu breit, zu eng, zu… Immer hatte Julja etwas auszusetzen und so flog auch das letzte T-Shirt auf den Boden, wo sich schon ein beachtlicher Klamottenhaufen gebildet hatte.

Bei dem Anblick konnte sie die Tränen nicht mehr zurückhalten. Der Frust überwältigte sie und Julja weinte hemmungslos. Es dauerte eine ganze Weile, bis die Sturzbäche langsam versiegten.

Ohne den Klamottenhaufen eines weiteren Blickes zu würdigen, zog Julja geräuschvoll die Nase hoch, wischte sich über die Wangen und ging in die Küche. Bewaffnet mit einer Flasche Weißwein und einer Schachtel Pralinen verkroch sie sich mit ihrer Kuscheldecke auf die Couch. Dann schaltete sie den Fernseher ein und begab sich auf die Suche nach einem guten Thriller, einer spannenden Real-Crime-Doku oder einem düsteren Krimi. Jetzt bloß kein Liebesfilm oder eine romantische Komödie, geheult hatte sie heute schließlich schon genug.

Außerdem hatte sie noch nie verstanden, was die Menschen an dieser Art von Filmen fanden. Das war doch Kitsch pur. Und am Ende bekamen die Frauen ihren absoluten Traummann.

Bullshit! So lief das wahre Leben nicht! Das hässliche Entlein wurde nicht zum schönen Schwan, der den Traumprinz im Sturm eroberte. Wenn es so einfach wäre, dann hätte sie es schließlich längst getan. Zack, ein kurzer Abstecher zum Friseur, ein kleiner Streifzug durch die Geschäfte, ein Lächeln beim nächsten Treffen und Manuel würde sich in sie verlieben.

Mist, jetzt schossen ihr doch schon wieder Tränen in die Augen. So hatte sie sich ihr neues Leben in Dresden nicht vorgestellt. Sie hatte die Chance ergreifen wollen, um so richtig durchzustarten. Stattdessen saß sie auf der Couch in ihrer kleinen Wohnung, heulte und war mit sich und ihrem Leben unzufrieden.

In solchen Momenten bereute sie ihren Umzug, weg von ihrer beschaulichen Heimatstadt am Niederrhein, weg von ihrer Familie und ihrer guten Freundin Daniela, die Danni genannt wurde.

Sie war dort nicht zufrieden gewesen. Der Job war langweilig geworden, aber sie hatte einen Freundeskreis und natürlich ihre Familie. Okay, Bekanntenkreis traf es vielleicht eher. Außer Danni hätte sie eigentlich niemanden als Freund bezeichnet. Das ein oder andere Treffen, mal ein Telefonat, alles eher oberflächlich. Es gab so gut wie keine echten gemeinsamen Interessen.

Julja war immer frustrierter geworden, einer der Gründe, warum sie nun rund 20 Kilo mehr auf den Hüften hatte. Immer wenn sie traurig oder frustriert war, oder sich einsam fühlte, griff sie zu süßen Seelentröstern. Schlank war sie noch nie gewesen, aber mit ihrem neuen Körper konnte sie sich einfach nicht anfreunden. Sie fand ihren Hintern zu dick, ebenso die Oberschenkel. Die Röllchen, die sich über dem Hosenbund zeigten, waren ihr zuwider. Am meisten aber störte sie das Doppelkinn. Weite Westen und Schals waren seitdem in ihrer Freizeit zum ständigen Begleiter geworden.

Da war ihr die Stellenausschreibung gerade recht gekommen, über die sie eines Tages zufällig im Internet gestolpert war. Eine Rehaklinik in Kreischa war auf der Suche nach Mitarbeitern gewesen und Julja hatte sich spontan beworben.

Tatsächlich hatte sie die Stelle bekommen und dann war auf einmal alles ganz schnell gegangen. Die Glücksfee war Julja auch weiterhin hold gewesen und hatte ihr zu einer gemütlichen 2-Zimmer-Wohnung in der Holzhofgasse, in der Äußeren Neustadt von Dresden, verholfen. Mit rund 55 m² war ihr neues Zuhause groß genug und sogar mit einer Badewanne ausgestattet. Julja liebte es, wenn sie nach der anstrengenden Arbeit ein Schaumbad nehmen und mit einem guten Buch entspannen konnte.

Die Gründerzeithäuser, die originellen Kneipen, die exotischen Restaurants und die kleinen, individuellen Läden in der Äußeren

Neustadt von Dresden hatten Juljas Herz im Sturm erobert und so war mit der Wohnung ein kleiner Traum wahrgeworden.

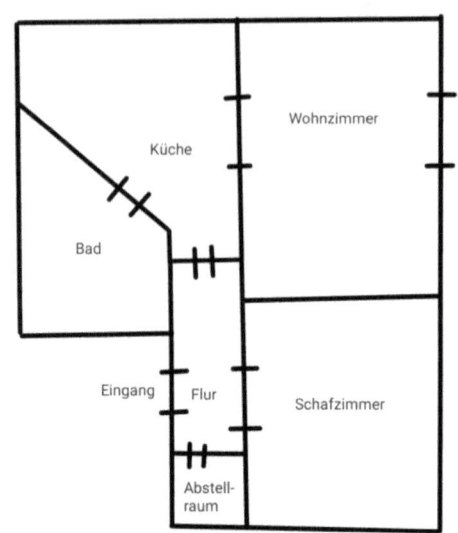

Julja lebte nun seit etwas mehr als vier Monaten in Dresden. Noch immer entdeckte sie jeden Tag etwas Neues, doch an Tagen wie diesem konnte sie das einfach nicht genießen.

Seufzend schaltete Julja den Fernseher aus. Sie hatte es nicht geschafft, sich von den trüben Gedanken abzulenken. Nun hoffte sie, dass die vielen Pralinen, die sie sich gedankenverloren in den Mund geschoben hatte und die Gläser Weißwein sie zumindest tief und fest schlafen lassen würden.

# KAPITEL ZWEI

Juljas Hoffnung erfüllte sich nicht. Zwar schlief sie durch, bis der Wecker klingelte und den Start in den Arbeitstag einläutete. Doch ihr Schlaf war sehr unruhig gewesen, gespickt mit vielen wirren Erinnerungen aus ihrer Kindheit. Immer wieder war Tilly in diesen Träumen aufgetaucht, obwohl Julja schon seit gefühlten Jahrzehnten nicht mehr an sie gedacht hatte.

Tilly, die Fee mit den durchscheinenden Flügeln, die sie während ihrer Kindheit begleitet hatte. Heute konnte Julja über ihre Tagträumereien von damals nur noch den Kopf schütteln, aber als Kind hatte sie wirklich daran geglaubt. Daran, dass diese kleine Fee tatsächlich real war, lebendig. Sie war als kleine Plastikfigur bei Julja eingezogen, die sie bei einem Waldspaziergang gefunden hatte. Nur etwa zehn Zentimeter war sie groß.

Plötzlich, einige Tage später, hatte diese Fee, um etliche Zentimeter gewachsen, auf Juljas Bettpfosten gesessen und sie frech angegrinst. Meistens machten Feen sich ganz klein, um nicht bemerkt zu werden, hatte Tilly ihr erklärt. Aber sie konnten ihren Körper auf bis zu dreißig Zentimeter anwachsen lassen, wenn sie zum Beispiel mit größeren Tieren sprechen wollten.

Zwischen Tilly und Julja war eine tiefe Freundschaft entstanden. Julja hatte ihrer Feenfreundin sogar ein eigenes Zuhause gebaut. Dieses sollte Tilly das Gefühl geben, in der Natur zu sein.

In Räumen fühlen Feen sich nämlich nicht wohl. Aber aus Freundschaft hatte Tilly oft darüber hinweggesehen und war mehrere Tage bei Julja geblieben. Sie schien immer gespürt zu haben, wenn es ihrer menschlichen Freundin Julja schlecht ging und war dann sofort zur Stelle gewesen.

Doch eines Tages, als Julja älter wurde, war ihr bewusst geworden, dass es keine Feen gab, und so war Tillys Wohnlandschaft in die Tiefen des Kellers verbannt worden. Von da an hatte sie die zierliche Fee nie wieder gesehen.

Warum nur dachte sie ausgerechnet jetzt wieder an Tilly? Wahrscheinlich, weil sie sich in letzter Zeit oft nach dem Rat einer guten Freundin gesehnt hatte. Ja, das musste es sein.

Julja war sich sicher und musste über sich selbst lachen. Sie war doch kein Kleinkind mehr. Mit einer energischen Kopfbewegung schüttelte sie die Erinnerungen an Tilly ab und machte sich auf den Weg zur Arbeit. Dort verblassten die letzten Erinnerungen so schnell, wie sie gekommen waren.

Es war wieder viel zu tun, die Zeit reichte gerade einmal für eine kurze Kaffeepause mit ihrer Kollegin Heidi, die mittlerweile auch zu einer recht guten Freundin geworden war. „Zum Glück ist schon Freitag", sagte Heidi lachend. „Das Wochenende brauche ich immer, um mich zu erholen."

Julja nickte zustimmend. „Lust, heute Abend mit mir ein oder zwei Cocktails zu genießen?", fragte Heidi. „Das wäre die perfekte Einstimmung auf meinen Urlaub."

Julja zögerte kurz. Bestimmt würde Heidi in ihre Lieblingsbar gehen wollen. Doch dann würde sie Manuel wiedersehen. Der Barkeeper verursachte ein wohliges Gefühl und ein starkes Kribbeln in ihrem Bauch, seit sie ihn das erste Mal gesehen hatte. Doch er schien sie gar nicht wahrzunehmen. Warum sollte er auch. So viele hübsche Frauen flirteten ganz offen mit ihm und er schien diese Aufmerksamkeit zu genießen. Warum sollte er da einen Blick für sie, die dicke, unscheinbare Julja, übrighaben, die ihn aus der Ferne anhimmelte. All diese Gedanken schossen ihr in Sekundenbruchteilen durch den Kopf. Dennoch nickte sie wieder zustimmend und verabredete sich für halb neun mit Heidi in der Volstead-Lounge. Sie war im Stil der Flüsterkneipen in Zeiten der Prohibition eingerichtet und auch die Cocktailnamen erinnerten alle an diese Zeit. Julja trank am liebsten einen „Präsident Woodrow", benannt nach dem amerikanischen Präsidenten Woodrow Wilson, der damals sein Veto gegen das Volstead-Gesetz eingelegt hatte.

# KAPITEL DREI

Zuhause angekommen, ließ sich Julja ein Schaumbad ein. Sie genoss das wohlig warme Wasser, das Prickeln der Bläschen auf ihrer Haut und den sinnlichen Geruch nach Vanille und Erdbeeren. Mit geschlossenen Augen ließ sie ihre Gedanken schweifen, mit jedem Atemzug fiel der Stress des Alltags von ihr ab.

Wie schön wäre es, wenn die zärtlichen Berührungen ihres Körpers nicht vom Schaum, sondern den kräftigen, aber sanften Händen eines Mannes stammen würden, von Manuels Händen.

Hände faszinierten Julja fast so sehr wie Augen. In Manuels Augen hatte sie sich schon beim allerersten Zusammentreffen verloren. Noch nie hatte sie so ausdrucksstarke Augen gesehen, wie Bernstein sahen sie aus. Doch es war nicht nur die Farbe, die sie faszinierte, nein, auch dieses Strahlen. Die pure Lebensfreude, die aus seinen Augen sprach, begeisterte sie. Sobald sich ihre Blicke trafen, verlor sie sich in ihnen und brachte keinen Ton mehr heraus.

Einmal, als Manuel ihr einen Cocktail gereicht hatte, hatten sich ihre Hände berührt. Nur für einen kurzen Augenblick, aber noch heute zog sich, wenn sie daran dachte, ihr Unterleib vor Erregung zusammen. Es hatte sich angefühlt, als ob tausend Ameisen über ihren Körper krabbelten. Ihr war heiß und kalt geworden, fast hätte sie aufgestöhnt. Immer noch, bei der bloßen

Erinnerung daran, strich sie mit der Zunge über ihre Lippen und biss dann sanft darauf, um ein Stöhnen zu unterdrücken.

Julja zwang sich, die Augen zu öffnen, ihren Körper langsam aus dem Wasser zu heben und in ihren flauschigen Bademantel zu schlüpfen, den sie am Rand der Badewanne bereitgelegt hatte.

Wie gerne hätte sie sich einfach auf die Couch gelegt, ein Glas Weißwein in der Hand, und sich Tagträumen hingegeben. Stattdessen ging sie schnurstracks ins Schlafzimmer, um sich für das Treffen mit Heidi fertigzumachen.

Beim Blick auf den Klamottenstapel, der immer noch, wie am Vortag, neben dem Spiegel lag, verfinsterte sich Juljas Miene. Am liebsten hätte sie Heidi unter irgendeinem Vorwand abgesagt, aber sie wusste, dass Heidi keine Ausrede akzeptieren würde, sei sie auch noch so gut.

Ein Teil nach dem anderen zog Julja aus dem Schrank, hielt es sich vor und warf es achtlos auf das Bett. Es gab nicht viele Kleidungsstücke, in denen sie sich wohlfühlte und die meisten davon hatte sie schon öfter in der Bar angehabt. Es musste etwas Neues her, vielleicht konnte sie dann Manuels Blicke auf sich ziehen.

Bei dem Gedanken daran verspürte sie wieder dieses wohlige Ziehen in ihrem Unterleib. Gedankenverloren strich sie mit ihrer rechten Hand über die Kuhle zwischen Daumen und Zeigefinger der linken Hand. Genau dort, wo Manuel eine Tätowierung hatte. Ein Sternzeichen. Es war ihr sofort ins Auge gefallen, doch fehlte ihr der Mut, ihn darauf anzusprechen. Selbst eine einfache Getränkebestellung ging ihr schwer über die Lippen.

Immer wieder hatte sie sich fest vorgenommen, Manuel anzusprechen. Ein kurzer Small Talk, eigentlich ganz einfach, aber dennoch hatte sie es nie geschafft, über ihren Schatten zu springen.

Auch heute würde sie es wieder nicht schaffen, dessen war sie sich sicher, und das machte sie traurig und wütend zugleich.

Aus einer der hintersten Ecken des Kleiderschranks fiel Julja ein weinrotes Shirt mit Fledermausärmeln in die Hände. Dazu eine schwarze Jeggins in Lederoptik und farblich passende Stiefeletten.

Wider Erwarten gefiel Julja die Frau, die ihr aus dem Spiegel entgegenblickte.

Mit einem Lächeln im Gesicht griff sie nach ihrer Lederjacke und der Handtasche. Dann machte sie sich auf den Weg, um sich mit Heidi zu treffen.

So wohl hatte sie sich schon lange nicht mehr gefühlt.

# KAPITEL VIER

Heidi hatte einen kleinen Tisch mit zwei Hockern, ganz in der Nähe der Bar, ergattert. Sie war extra einige Minuten früher gekommen und hatte sich einen Drink bestellt. Irgendwie musste sie Julja schließlich dazu bringen, mit Manuel zu sprechen, auch wenn es nur eine Getränkebestellung war. So konnte Julja sie nicht mehr vorschicken.

Ihr war nicht entgangen, dass Juljas Augen immer wieder zu Manuel wanderten, dass ihre Gedanken dann abschweiften und ihr Gesicht einen verträumten Ausdruck annahm.

Kurz darauf betrat Julja mit einem strahlenden Lächeln die Lounge. Heidi wäre fast die Kinnlade heruntergefallen. So selbstbewusst und zufrieden hatte sie ihre Kollegin und Freundin in den wenigen Monaten, die sie sich nun kannten, noch nie gesehen. Sollte es heute endlich klappen und ihr Plan aufgehen? Heidi drückte sich die Daumen, und natürlich Julja.

Die hatte gerade ihre schwarze Lederjacke über den Stuhl gehangen und beugte sich zu Heidi herüber, um sie mit einem Küsschen auf die Wange zu begrüßen. Mit leicht hochgezogenen Augenbrauen registrierte sie den Drink in Heidis Hand.

Für einen kurzen Moment schien es so, als wolle Julja ihre Freundin anmeckern, da diese nicht auf sie gewartet hatte. Doch dann zuckte sie nur leicht mit den Schultern und machte sich auf

den Weg zur Theke, um ihren obligatorischen „Präsident Woodrow" bei Manuel zu bestellen.

An der Theke tummelten sich schon viele Frauen, bemüht, Manuels Aufmerksamkeit auf sich zu ziehen und mit ihm zu flirten. Egal ob jung oder alt, die Frauen umschwärmten ihn wie die Motten das Licht.

Manuel genoss die Aufmerksamkeit. Schließlich waren die nicht unbeachtlichen Trinkgelder, die ihm die kleinen Flirts und Schäkereien mit den Frauen einbrachten, nicht zu verachten. Die Bezahlung war nicht so besonders, eigentlich lebte er von den Trinkgeldern. Die Flirtereien als notwendiges Übel zu bezeichnen, das wäre wohl ziemlich übertrieben, aber wirklich genießen tat er sie auch nicht. Am Ende einer Schicht fühlte er sich immer ziemlich erschlagen. Er hatte dann stets das Gefühl, als ob sich dieses dämliche Dauerlächeln in seinem Gesicht festgebrannt hätte und er es niemals wieder würde abstellen können. Nach einem kurzen, genervten Blick auf den Boden setzte Manuel wieder sein strahlendes Lächeln auf und wandte sich der nächsten Kundin zu.

„Was darf es… Ach, du bist es. Einen Präsident Woodrow, wie immer?" Manuels Lächeln erreichte nicht nur seinen Mund, sondern auch seine Augen, als er Julja ansah.

Schlagartig schnürte sich ihr Hals zu, kein Ton wollte ihr über die Lippen kommen. Also nickte sie nur stumm. „Du dumme Kuh", schallte sie sich in Gedanken selbst. „Jetzt krieg endlich den Mund auf."

„Oder hast du Lust auf ein kleines Experiment?", fragte Manuel. „Du kommst doch vom Niederrhein, oder?"

Julja nahm all ihre Kraft und ihren Mut zusammen. Jetzt oder nie. „Ja, das stimmt. Ich bin erst seit ein paar Monaten in Dresden."

„Magst du Zuckerrübensirup? Ich habe gehört, der gehört zum Niederrhein dazu wie der Striezelmarkt zu Dresden."

Wieder dieses unglaubliche Lächeln. Julja musste sich zusammenreißen, um sich nicht wie ein verknallter Teenager zu benehmen. „Naja, vielleicht nicht ganz so wie der Striezelmarkt zu Dresden, aber vermutlich werden bei keinem Niederrheiner jemals Reibekuchen auf den Tisch kommen ohne ein Töpfchen Zuckerrübensirup. Das schmeckt aber auch himmlisch."

„Dann habe ich genau das Richtige für dich. Ich habe ein paar neue Cocktails ausprobiert und dabei bin ich auf einen mit Zuckerrübensirup, Rum und Apfelsaft gestoßen. Den musst du probieren. Wenn er dir schmeckt, kommt er auf die Karte, dann braucht er nur noch einen Namen."

Lächelnd griff Manuel nach dem Shaker und machte sich ans Mixen. Julja wurde heiß und kalt zugleich. Sie hatte das Gefühl, jeden Moment in Ohnmacht zu fallen. Manuel hatte mit ihr gesprochen, sich für sie interessiert. Ihr Traum schien wahr zu werden.

Wie durch eine Nebelwand klang Gelächter an ihr Ohr. Zwei Frauen schauten immer wieder zu ihr, stießen sich gegenseitig an und lachten gehässig. Wortfetzen erreichten Juljas Ohr. „Die Dicke… erbärmlich… glaubt wirklich… dumm… blamieren… naiv."

Schlagartig verschwanden Juljas gute Laune und ihre Zuversicht. Die beiden Frauen meinten bestimmt sie, ganz bestimmt sogar. Was hatte sie sich nur gedacht. Hatte sie wirklich geglaubt, dass sich so ein toller Mann, wie Manuel, für sie interessieren würde. Dass sie eine Chance hätte gegen all diese fantastischen Frauen, die so viel hübscher und schlanker waren als sie. Was war sie nur für eine Idiotin. Die Frauen hatten recht. Sie war so dumm und naiv gewesen.

Plötzlich schossen Tränen in Juljas Augen. Ohne Manuel oder Heidi noch eines Blickes zu würdigen, verließ sie fluchtartig die Bar. Sie rannte und rannte und rannte…

Erst einige Straßen weiter blieb sie stehen. Schwer atmend stützte sie die Hände in die Hüften. Vor lauter Tränen nahm sie ihre Umgebung nur durch einen Schleier wahr.

Julja wollte nur noch nach Hause. Nie wieder würde sie einen Fuß in diese Bar setzen. Nie wieder schwor sie sich. Die Kälte kroch an ihr hoch. „Mist, ich habe meine Jacke in der Volstead-Lounge vergessen", schoss es ihr durch den Kopf. Julja schlang bibbernd die Arme um ihren Körper und beeilte sich, nach Hause zu kommen.

Manuel und Heidi war der überstürzte Aufbruch nicht verborgen geblieben. Als Manuel hochgeblickt hatte und Julja ihren Cocktail reichen wollte, hatte er sie nur noch von hinten gesehen, kurz bevor sie durch die Tür verschwunden war. Für einen kurzen Moment hatten sich Manuels Augen verdunkelt, doch dann hatte er sich wieder gefangen und sein strahlendes Lächeln, welches seine Augen jedoch nicht erreichte, aufgesetzt.

Heidi hatte ihrer Freundin traurig und nachdenklich hinterhergesehen. Sie mochte Julja sehr, ihre freundliche Art, ihren tollen Humor, ihr wunderschönes Lächeln und ihre strahlenden Augen. Nichts wünschte sie sich mehr, als dass Julja sich selbst mit ihren Augen sehen könnte und erkennen würde, was für ein wunderbarer Mensch sie war. Äußerlich, wie auch innerlich.

Heidi griff nach Juljas Jacke und verließ die Lounge. Der Abend war auch für sie gelaufen. Ganz im Gegensatz zu den beiden Frauen an der Bar. Bei ihnen flossen die Cocktails nur so in Strömen und mit jedem Schluck lästerten und lachten sie lauter über eine ihrer Kolleginnen im Supermarkt, die so naiv war, nicht zu bemerken, dass ihr Mann sie nun schon seit Monaten mit der vollschlanken Nachbarin betrog. Immer noch glaubte diese, mit dem perfekten Partner zusammen zu sein und die Liebe ihres Lebens an ihrer Seite zu haben.

# KAPITEL FÜNF

Julia fühlte sich furchtbar. Sie war traurig, voller Selbstzweifel, hoffnungslos und sie hatte Heimweh. Geplagt von all diesen Gefühlen hatte sie wieder eine unruhige Nach mit vielen wirren Träumen. Immer wieder tauchte Tilly darin auf. Die Fee, an die sie so lange nicht mehr gedacht hatte.

„Ob das wohl etwas zu bedeuten hat?" Julja überkam Sentimentalität und in einem Hauch von geistiger Umnachtung – so erklärte sie es sich zumindest – rief sie bei ihren Eltern an und bat sie, ihr die Feenfigur und deren Zuhause, welches sie damals mit so viel Liebe gebastelt hatte, zu schicken.

Wenn ihre Mutter sie für verrückt hielt, so sagte sie es zumindest nicht. Stattdessen traf, nur wenige Tage später, ein großes Paket bei Julja ein, in dem, sorgsam verpackt, die Miniaturlandschaft und ihre Fee Tilly waren.

Zärtlich, fast liebevoll, streichelte Julja über das Gras, die Bäume und den See. Sogar Arti, den kleinen Hund, den sie Tilly damals als Haustier geschenkt hatte, hatten ihre Eltern mit eingepackt.

Für einen kurzen Moment reiste sie in ihren Gedanken zurück in ihre Kindheit, zu den vielen schönen Erinnerungen, die sie mit ihrer Feenfreundin verband. Julja fühlte sich in diesem Moment glücklich und auch ein bisschen mehr zuhause. „Du bist eine dumme Pute", schallte sie sich gedanklich. „Du bist eine erwachsene Frau, kein kleines Mädchen mehr. Also benimm dich auch so."

Doch sie konnte einfach nicht anders. Immer wieder glitt ihr Blick zu Tillys Heim und dieser Anblick zauberte ihr ein Lächeln ins Gesicht.

Auch der perfekte Platz war schnell gefunden. Obwohl Julja nicht oft Besuch bekam, wollte sie diese Kindheitserinnerung im privaten Bereich ihrer Wohnung aufstellen. Da die Wohnung nicht so groß war, blieb da nur das Schlafzimmer. So konnte Julja es vor dem Einschlafen nochmal bewundern und es war das Erste, was sie nach dem Wachwerden sah. Perfekt, um den Tag mit einem Lächeln zu beginnen. Und auf der Kommode war mehr als genug Platz. Julja war noch nie eine Dekoqueen gewesen und so war die Wohnung zwar gemütlich, aber doch eher minimalistisch, eingerichtet.

Mit einem wohligen Gefühl in der Magengegend ging Julja an diesem Abend ins Bett. Die Feenlandschaft vermittelte ihr ein Gefühl von Geborgenheit. Sie war noch neu in Dresden und bisher noch nicht wirklich angekommen. Aber nun hatte sie eine weitere Stufe erklommen, um sich hier endlich heimisch und zuhause zu fühlen.

# KAPITEL SECHS

Auch in dieser Nacht schlich sich Tilly wieder in Juljas Träume, doch es war anders als in den vergangenen Nächten. Statt in Kindheitserinnerungen befanden sich die beiden im Hier und Jetzt, sprachen über den Umzug, die neue Wohnung, den Job und die vielen Eindrücke, die Julja in den vergangenen Monaten gesammelt hatte. Anfangs fand Julja das ziemlich seltsam, doch dann dachte sie sich, dass es auf einen merkwürdigen Traum mehr oder weniger nun auch nicht mehr ankam und von da an gefielen ihr diese Gespräche sehr.

Es war wieder diese Vertrautheit da, die sie als Kind so genossen und auch gebraucht hatte. Das da jemand war, der sie verstand und nicht verurteilte, dem sie alles anvertrauen konnte, in dem Wissen, dass er sie nicht auslachen oder verraten und immer zur Stelle sein würde, wenn er gebraucht wird.

Am nächsten Morgen fühlte sich Julja so ausgeruht und ausgeglichen, wie schon lange nicht mehr. Auch ihren Kolleginnen und Kollegin entging nicht, dass irgendetwas anders war. Julja war immer gut gelaunt, hatte immer einen Scherz auf den Lippen, aber nun strahlte sie noch ein wenig mehr, von innen heraus. Das ganze Team profitierte davon, denn die gute Laune und die übersprudelnde Energie griffen auf alle über. Viel schneller als üblich war das Schichtende erreicht, womit das Wochenende eingeläutet wurde.

„Schade, dass Heidi Urlaub hat", ging es Julja durch den Kopf. „Ich hätte Lust auf einen leckeren Burger und ein paar Cocktails."

Das ungute Gefühl, das bei diesem Gedanken in ihr hochstieg, schüttelte sie energisch ab. Schließlich gab es noch viele andere gute Bars und Lokale außer der Volstead-Lounge. Denn an dem Entschluss, sich nie wieder dort blicken zu lassen, konnte auch ihre aktuell gute Laune nichts ändern. Kurz überlegte sie, Heidi anzurufen, entschied sich dann aber dagegen. Bestimmt würde das Gespräch auch auf die Arbeit kommen und sie wollte, dass ihre Kollegin und Freundin komplett abschalten und sich, in ihrem wohlverdienten Urlaub, erholen konnte.

„Dann also Plan B", dachte Julja und machte sich, leise pfeifend, auf den Weg nach Hause. Dabei machte sie einen Abstecher zu einer Weinhandlung und kaufte einen Elbling. Dann ging es weiter zu Pfunds Molkerei. Gerade als Julja den Verkaufsladen betreten wollte, verließ ein älterer Herr so eilig den Raum, dass er vor der Tür fast mit ihr zusammenstieß.

„Ennschulschnse", rief er, dann war er auch schon um die Ecke verschwunden. Auch wenn Julja kaum ein Wort verstand, wenn sächsisch gesprochen wurde, ein paar Ausdrücke hatten ihre Kollegen ihr schon beigebracht, sodass sie die Entschuldigung verstanden hatte.

Mit einigen Sorten französischem Käse und etwas Feigensenf in ihrer Jutetasche verließ sie wenig später den Laden. Nun brauchte sie noch ein leckeres Baguette, ganz frisch vom Bäcker um die Ecke. Schon bei dem Gedanken daran lief Julja das

Wasser im Mund zusammen. Und weil Nachtisch ein Abendessen perfekt abrundet, nahm Julja auch noch ein Stück Kalten Hund bei dem Bäcker mit. Manchmal muss man sich ja schließlich auch mal etwas gönnen.

Julja schloss die Wohnungstür auf und stutzte, irgendwas war anders. Sofort fiel ihr Blick auf die Schlafzimmertür, die einen Spalt weit offenstand. Wie konnte das sein. Sie schloss die Tür immer, bevor sie sich auf den Weg zur Arbeit machte. Da war sie sich ganz sicher.

Achselzuckend warf Julja die Schlüssel in die Schale, die im Flur auf dem Schuhschrank stand. Sie brachte die Einkäufe in die Küche, die sofort von den herrlichen Gerüchen erfüllt wurde. Was ihren Magen unüberhörbar knurren ließ. Also Planänderung! Statt eines schönen langen Schaumbades gab es nur eine warme Dusche.

Im bequemen Schlabberlook, mit einem Tablett voller leckerem Essen und einem guten Wein saß Julja kurz darauf auf ihrem bequemen Sofa. Heute ließ sie es sich ganz besonders gut gehen und schaute ihre Lieblingsserie.

# KAPITEL SIEBEN

Einige Stunden und mehrere Gläser Wein später sah Julja aus dem Augenwinkel kleine, glitzernde Flügel, die so schnell schlugen, dass sie es sogar hören konnte.

Anmutig landete Tilly auf der Armlehne des Sofas, drehte sich mehrmals mit ausgebreiteten Armen, glockenhell lachend, um die eigene Achse und machte es sich dann, mit lässig übereinandergeschlagenen Beinen, dort bequem.

„Sprichst du jetzt endlich mal richtig mit mir, wenn du mich schon hunderte Kilometer von zu Hause entfernt einfach in einem Raum deponierst, ohne Rundgang, ohne alles", nörgelte Tilly.

Julja saß einfach nur da, mit offenem Mund und starrte die Fee an. War sie etwa auf der Couch eingeschlafen und träumte mal wieder? Sie kniff sich in den Arm. „Aua, der Schmerz fühlt sich aber ziemlich real an", schoss es ihr durch den Kopf. Mehrmals kniff sie die Augen zusammen, riss sie wieder auf, schlug sich sogar mit der flachen Hand ins Gesicht, doch der Anblick blieb unverändert. Da saß eine Fee, ihre Tilly, auf der Armlehne ihres Sofas.

„Entweder träume ich oder ich bin endgültig verrückt geworden", murmelte Julja, ohne den Blick von Tilly abzuwenden.

„Weder noch." Tillys glockenhelle Stimme hatte einen leicht spöttischen Unterton. „Du brauchst mich und hier bin ich. Freust du dich denn gar nicht, mich wiederzusehen?" Ihre Stimme wurde scharf, doch Julja entging nicht der traurige Unterton, der sie tiefer ins Herz traf, als sie sich jemals hätte vorstellen können.

Konnte das wirklich wahr sein? Hatte sie sich all das als Kind nicht nur eingebildet? Saß da tatsächlich eine leibhaftige Fee? Julja wusste es nicht, war aber bereit zu glauben. Irgendetwas in ihr gab ihr die Gewissheit, dass sie sich das nicht einbildete, dass sie nicht wegen all der Ereignisse der vergangenen Wochen zu spinnen begonnen hatte.

Zögernd streckte sie den Arm in Tillys Richtung aus, die Handfläche nach oben gedreht. Die Fee hatte sich von ihr abgewandt, die Arme ärgerlich vor der Brust verschränkt. Die Hand, die Julja ihr hinstreckte, ignorierte sie konsequent.

Julja schmunzelte in sich hinein. Feen waren sehr eigensinnig und Tilly war da keine Ausnahme. Ganz im Gegenteil, sie war extrem stur, eigen und manchmal auch sehr anstrengend, aber auch großherzig, liebenswert und eine wunderbare Freundin.

Julja wartete geduldig, nicht ohne Tilly immer wieder ein aufmunterndes, offenes Lächeln zu schenken. Sie wusste, dass die Fee sie aus dem Augenwinkel beobachtete, wie sie es schon so oft getan hatte, wenn es zwischen den beiden zu einer kleinen Meinungsverschiedenheit gekommen war. Einen echten Streit hatten sie nie gehabt und auch dieses Mal dauerte es nur wenige Minuten, bis Tilly mit einem versöhnlichen Schmunzeln auf Juljas

Hand flatterte. Die zog die Hand wieder an sich heran und Tilly drückte sich kurz an die Wange ihrer Freundin, dann setzte sie sich auf deren Schulter. So konnten sie sich am besten unterhalten. Je näher Tilly an Juljas Ohr saß, umso besser war ihre glockenhelle, zarte Stimme zu verstehen, ohne dass sie sich anstrengen musste.

Doch außer unverständlichem Gemurmel und regelmäßigem, grüblerischem Räuspern kam nichts an Juljas Ohr an. So ging es eine gefühlte Ewigkeit. „Erst nervst du mich, dass ich mit dir reden soll, und nun gibst du kaum ein Geräusch von dir. Weißt du was, ich bin hundemüde. Ich geh ins Bett. Gute Nacht!"

Julja stand so abrupt auf, dass Tilly von ihrer Schulter fiel und heftig mit den Flügeln schlug, um sich in der Luft zu halten. Ohne die Fee noch eines Blickes zu würdigen, ging sie ins Schlafzimmer und kuschelte sich in ihre Decke.

# KAPITEL ACHT

Julja schlief tief und fest und wurde erst wach, als die Sonne am nächsten Tag schon strahlend vom Himmel schien. Gut gelaunt und leise vor sich hinpfeifend zog sie ihre Joggingsachen an. Zum ersten Mal, seit sie in Dresden angekommen war, hatte sie Lust, ein wenig laufen zu gehen.

Interessiert beobachtete Tilly, wie Julja ihre Sachen zusammensuchte. Ein zufriedenes Lächeln schlich sich, immer dann, wenn sie sicher war, dass Julja sie nicht sehen konnte, in das Gesicht der Fee. Kurz bevor diese die Wohnung verlassen wollte, flatterte Tilly vor ihrem Gesicht auf und ab. „Du erwartest ja wohl nicht, dass ich hierbleibe." Provokativ blickte die Fee Julja an. „Ich will meine neue Heimat unbedingt kennenlernen und das geht nur, wenn du mich mitnimmst."

Amüsiert schüttelte Julja den Kopf. „Und wie genau stellst du dir das vor? Du kannst ja wohl schlecht auf meiner Schulter sitzen, während ich durch den Rosengarten jogge, oder?"

Bei dem Wort „Rosengarten" begannen die Augen der Fee zu strahlen. Julja wusste sofort, dass sie einen gravierenden Fehler gemacht hatte. Nun würde sie Tilly nicht mehr davon abhalten können, sie zu begleiten. Da sie wusste, dass jegliche Diskussion das Unvermeidliche also nur hinauszögern würde, ergab sie sich seufzend in ihr Schicksal. Sie öffnete ihre Bauchtasche und ließ die Fee hineinschlüpfen. Dann ließ sie den

Reißverschluss so weit offen, dass Tilly einen guten Blick auf die Umgebung hatte.

Die ersten Meter, etwa bis zur Grundschule am Rosengarten, spazierte Julja ganz gemütlich. Sie machte einige Dehnübungen und genoss die frische, angenehm kühle, Luft. „Halt dich fest", flüsterte sie der Fee zu, dann trabte sie los. Deutlich langsamer als zu ihren Glanzzeiten, aber sehr zufrieden, dass sie den Hintern hochbekommen und ihren inneren Schweinehund in seine Grenzen verwiesen hatte, lief sie die Wege entlang. Auch die Strecke, die sie ohne Gehpausen schaffte, war weit weg von ihren früheren Leistungen, aber so hatten sie beide die Gelegenheit, die Schönheit der Umgebung zu genießen und in sich aufzusaugen.

Julja hatte gerade beschlossen, die Trainingseinheit zu beenden und zur Wohnung zurückzukehren, als in Höhe des Café Rosengarten ein junger Mann schnellen Schrittes und mit gehetztem Blick auf sie zulief.

„Entschuldigen sie bitte, hören sie", der junge Mann klang verzweifelt und auch ein wenig hilflos. Aber sein freundliches Gesicht und der offene Blick ließen Julja stehen bleiben. Eine leichte Schweißschicht war auf der Stirn des Mannes zu sehen und er musste einige Male keuchend Luftholen, bevor er weitersprach.

„Hi, ich bin Patrick und ich stecke richtig tief in der Scheiße!" Trotz seiner offensichtlichen Anspannung rang er sich ein gequältes Lächeln ab. „Ich mache gerade eine Ausbildung zum Friseur, also eigentlich bin ich so gut wie fertig. Heute habe ich meine praktische Abschlussprüfung, oder besser gesagt, hätte ich meine praktische Abschlussprüfung. Aber mein Model hat mir gerade kurzfristig abgesagt und wenn ich nicht in einer halben Stunde mit einem Haarmodel vor der Tür stehe, dann kann ich mir den Abschluss erst mal abschminken."

Fast flehend blickte er Julja an, die einen kurzen Moment brauchte, um zu verstehen, was Patrick von ihr wollte. „Ich verspreche dir, du wirst es nicht bereuen. Ich bin wirklich gut und verpasse dir einen tollen, neuen Look."

„Der spinnt doch", schoss es Julja durch den Kopf, dennoch nickte sie. „Was ist denn in mich gefahren." Niemals hätte sie gedacht, sich auf so etwas einzulassen. „Aber hey, vielleicht ist das ja Schicksal", dachte sie. „Kann ich mich wenigstens noch umziehen?", fragte sie Patrick.

Der schüttelte den Kopf. „Keine Zeit, das wird eh schon verdammt eng, aber ich hab nen Hoodie im Rucksack, den kannst du so lange anziehen." Dankbar nahm Julja den Hoodie entgegen und zog ihn an, während sie versuchte, mit Patrick Schritt zu halten. „Auf was habe ich mich da nur eingelassen."

Mit jedem Schritt fingen die Zweifel mehr und mehr an, von Julja Besitz zu ergreifen. Aber sie wusste, dass es nicht mehr wirklich ein Zurück gab. Schließlich hing Patricks Abschluss daran und obwohl sie ihn erst wenige Minuten kannte, war ihr das wichtig, denn sie sah und spürte seine Begeisterung für den Friseurberuf.

Einige Stunden und mehrere Tassen eines wirklich hervorragenden Kaffees später starrte Julja fassungslos in den Spiegel. Eine Träne rann über ihre Wange. Panik zeigte sich in Patricks Blick, bis er erkannte, dass sein Model von Freude überwältigt worden war.

Julja hatte sich voll und ganz auf Patricks Vorschlag eingelassen, obwohl ihr Herz bis zum Hals schlug. Besonders seine Empfehlung, dass sie sich von fast zwanzig Zentimetern ihrer Haarpracht trennen sollte, hatte sie fast fluchtartig aus dem Friseurstuhl springen lassen. Aber das Ergebnis war umwerfend. Nie wäre sie von sich aus auf die Idee gekommen. Doch nun berührten ihre Finger ihre Haare und es fühlte sich einfach gut an. Patrick hatte ihr einen perfekten Razor Bob geschnitten, ein

Wort, das Julja vorher noch nie gehört hatte. Er hatte die Haare zudem einige wenige Nuancen dunkler gefärbt, sodass sie nun in einem kräftigen Goldbraun, mit rotblonden Strähnen, strahlten. Zum ersten Mal hatte sie sich auch die Augenbrauen zupfen lassen, was wahrlich kein Vergnügen gewesen war. Aber wie heißt es so schön, wer schön sein will, muss leiden.

Und was noch wichtiger war: Patrick hatte seine praktische Abschlussprüfung mit Bestnote bestanden.

Als Julja die Tür zu ihrer Wohnung aufschloss, fühlte sie sich immer noch wie in einem Traum. Immer wieder betrachtete sie sich im Spiegel. Die Karte von dem Salon, in dem Patrick auch nach seiner Ausbildung arbeiten würde, hängte sie gut sichtbar an die Magnettafel im Flur. Neben einem Foto aus der Sofortbildkamera, das sie von Patrick bekommen hatte. Eine kleine Erinnerung an den Tag hatte er mit einem Augenzwinkern gesagt und Julja war sich sicher, dass sie noch sehr lange an diesen Tag denken würde. Tilly schwirrte dabei die ganze Zeit um sie herum, summte und klatschte in die Hände, fast so, als ob das alles ihr Verdienst wäre.

„Ach Quatsch", Julja schüttelte den Kopf. „Feen können doch keine Wünsche erfüllen. Und außerdem habe ich mir das ja auch gar nicht gewünscht!"

Ausgelassen tanzte Julja mit Tilly durch die Wohnung und genoss diese neue Unbeschwertheit. „Oder doch?", schoss ihr dabei durch den Kopf.

Tilly genoss die unbekümmerte Zeit mit ihrer Freundin. „Manchmal braucht es nur einen kleinen Schups in die richtige Richtung", dachte sie und drehte sich vergnügt zur Musik.

# KAPITEL NEUN

Auch am nächsten Morgen fühlte sich Julja noch immer, als ob sie träumen würde. Doch der Blick in den Spiegel zeigte ihr, dass all das, was gestern geschehen war, real war. Kaum zu glauben, dass sie vor knapp 24 Stunden gedacht hatte, einfach nur eine Runde joggen zu gehen und stattdessen war sie als ein vollkommen neuer Mensch nach Hause zurückgekehrt. Zumindest kam es Julja so vor. Denn eigentlich hatte Patrick nichts weiter getan, als ihre Vorzüge zu unterstreichen und ihr eine neue Perspektive auf sich selbst zu eröffnen. Doch das konnte Julja nicht sehen.

„Was unternehmen wir heute?" Tilly war schon hellwach und flatterte kreuz und quer durch die Wohnung. Auch Julja fühlte sich ausgeruht und unternehmungslustig. Doch fiel ihr nichts ein, was sie an einem Sonntag unternehmen könnte, erst recht nicht in Begleitung einer Fee. Mit etwas Grübeln kam ihr dann doch eine passende Idee in den Sinn.

„Wie wäre es mit einem Besuch der Kunsthandwerkerpassage? Vielleicht sehen wir ein paar schöne Sachen." Auch wenn Julja nicht viel Tamtam um Deko machte, hatte sie doch eine Leidenschaft für antike Möbel und andere Einrichtungsgegenstände, die sie gekonnt mit modernen Möbeln kombinierte oder durch einige geschickte Handgriffe aufwertete. Schon als Jugendliche hatte sie ihre alten Kinderzimmermöbel aufgepimpt. Vor ihrem Umzug hatte sie sich oft mit ihrer besten

Freundin Danni getroffen, um auf Trödelmärkten zu stöbern. Jetzt merkte sie, wie sehr ihr das fehlte, und so freute sie sich umso mehr darauf, mit Tilly die Kunsthandwerkerpassage zu besuchen.

Schon kurze Zeit später schlenderte Julja durch die Kunsthandwerkerpassage und genoss die spätherbstliche Sonne. Bald würde der Striezelmarkt beginnen. Sie freute sich schon auf einen leckeren heißen Kakao mit Sahne, zusammen mit Heidi. Kaum zu glauben, dass der Advent schon vor der Tür stand, so wie sich das Wetter präsentierte.

Tilly sog all die neuen Eindrücke in sich auf. Sie hatte es sich in Juljas Crossbag gemütlich gemacht und fand immer mehr Gefallen an ihrer neuen Heimat, auch wenn sie die Weiden und Wälder des Niederrheins vermisste. Auf einmal blieb ihr Blick an einem unscheinbaren Ladeneingang hängen. Für einen kurzen Moment schloss sie die Augen, horchte ganz tief in sich hinein, bevor sich ein Lächeln auf ihren Lippen zeigte. Sanft, aber bestimmt, überredete sie Julja, sich in dem Laden umzusehen. Diese war zuerst gar nicht begeistert, doch kaum hatte sie einen Fuß über die Schwelle gesetzt, zog der Laden sie auch schon in seinen Bann.

Fasziniert betrachtete Julja all die Antiquitäten, die in schlichten, aber geschmackvollen Regalen wunderbar zur Geltung kamen. Dazu einige exquisite Möbel und Gegenstände aus fremden Ländern. In Gedanken entschuldigte sich Julja, dass sie diesen traumhaften Ort nach seinem Äußeren beurteilt hatte.

Im hinteren Teil des Ladens war ein Bereich, der sich komplett abhob. Er war modern eingerichtet, mit wunderschönen schwarz-weißen und bläulich schimmernden Fotografien, einem kleinen Schreibtisch, einigen Kleiderständern und schwarz-hochglanz lackierten Schneiderpuppen. Eine Frau, Julja schätzte sie etwa in ihrem Alter, saß am Schreibtisch in einen Skizzenblock vertieft. Erst als Julja schon fast neben ihr stand, nahm die Frau sie, leicht zusammenzuckend, wahr und schenkte ihr ein strahlendes Lächeln. „Oh, hallo, ich habe gar nicht bemerkt, dass du hereingekommen bist. Wenn ich designe, vergesse ich alles um mich herum. Nicht gerade ideal während der Öffnungszeiten, aber was soll ich machen, wenn die Muse mich küsst." Entschuldigend zuckte sie mit den Achseln. „Ich bin Betty, mir gehört der Laden, aber das hast du dir bestimmt schon gedacht. Kann ich dir weiterhelfen?"

„Hi, ich bin Julja. Eigentlich wollte ich nur ein bisschen stöbern und das gute Wetter genießen. Aber dein Laden ist einfach… Wow! Designst du die Kleidung selbst?" Betty nickte. „Ja, inspiriert vom Modestil der 60er Jahre, besonders Audrey und Jackie O. Das ist, neben dem Fotografieren, meine zweite große Leidenschaft."

Während Betty erzählte, deutete sie auf die beeindruckenden Fotografien, die Julja direkt ins Auge gestochen waren. Sie zeigten Aufnahmen von Friedhöfen und kunstvoll gearbeiteten, sehr alten Grabmälern. Betty hatte eine Begabung dafür, die Stimmung einzufangen und die natürlichen Lichtverhältnisse optimal zu nutzen.

Julja mochte Friedhöfe, besonders die Ruhe und die friedliche Stimmung, aber auch die Grabmäler, besonders von älteren Grüften. Große Friedhöfe hatten oft einen parkähnlichen Charakter und luden zu Spaziergängen ein. Zumindest empfand Julja so, sprach aber nicht darüber, zu oft war ihr Unverständnis entgegengeschlagen. Es hatte sogar Menschen gegeben, die sich von ihr abgewandt hatten. Doch hier und heute, in diesem Antiquitätenladen, in dem sie sich fast wie zuhause fühlte, taute sie sehr schnell auf. In kürzester Zeit war sie in eine angeregte Unterhaltung mit Betty vertieft, während sie das ein oder andere von ihr designte Kleidungsstück anprobierte. Kaffee gab es auch,

ein paar selbstgebackene Kekse und ein Glas Sekt duften auch nicht fehlen.

Ehe die beiden Frauen sich versahen, waren mehrere Stunden verstrichen und es war an der Zeit, das Geschäft zu schließen. Bepackt mit mehreren Tüten verließ Julja den Laden.

Betty winkte ihr hinterher und schloss die Ladentür. Sie hatte nicht mehr daran geglaubt, dass es irgendwo in Dresden einen Menschen gab, der tickte wie sie. Bis heute, als Julja durch ihre Tür getreten war.

Und Julja? Die konnte ihr Glück kaum fassen. Es fühlte sich an, als ob ein Wochenende ihr ganzes Leben auf den Kopf gestellt hatte. Neue Freunde inklusive.

Es hatte sich so viel verändert, ohne dass Julja in der Lage war, dies in Worte zu fassen. Sie fühlte sich angekommen, in Dresden, aber auch bei sich und in ihrem Leben. Zum ersten Mal seit vielen Jahren fühlte sie sich wohl, verstanden und ja, auch hübsch. Sie hatte keine Modelmaße, die hatte sie noch nie gehabt und würde sie auch nie haben, aber darauf kam es auch nicht an. Sie war gut, genauso wie sie war. Und es gab Menschen, die sie mochten, genauso wie sie war, denen sie viel bedeutete und die ihr viel bedeuteten. Das war alles, was zählte.

Und da war dieses Gefühl, welches sie nicht recht hatte beschreiben können, doch dann hatte sie verstanden, was es war. Es war ihr sich langsam entwickelndes Selbstvertrauen, gepaart mit Zufriedenheit. Ein schönes Gefühl.

Mit diesen guten Gefühlen im Herzen und im Bauch hatte Julja ihren Kleiderschrank auf links gedreht und jedes Teil, auch die, die noch achtlos auf dem Stapel vor dem Spiegel im Schlafzimmer lagen, hinterfragt. Dabei hatte sie immer die Worte ihrer neuen Freundin Betty im Ohr, die so präzise Kleidungsstücke für Julja ausgewählt hatte, als ob sie sich schon seit Jahren kennen würden.

Sie hörte auf zu hinterfragen, was andere wohl denken würden, und versuchte sich nur darauf zu konzentrieren, wie sie sich fühlte und was ihr gefiel und was nicht. Es war schwer, sehr schwer. Immer wieder fiel Julja in alte Muster zurück, aber dann war Tilly an ihrer Seite und rückte ihr, wann immer nötig, den Kopf zurecht. Die Fee hatte sogar den ein oder anderen Stylingtipp auf Lager.

Am Ende waren viele Kleidungsstücke in einen großen Sack gewandert, den Julja in nächster Zeit bei einer Hilfseinrichtung für Obdachlose und Straßenkinder abgeben wollte. Doch es waren auch viele Sachen zurück in den Schrank gelegt worden, auch Sachen, die sie schon sehr lange nicht mehr getragen oder nach der Anprobe hatte zurückschicken wollen.

Julja hatte den ersten Schritt auf einem Weg gemacht, den sie weitergehen wollte. Ein Weg mit vielen Herausforderungen, auf den sie sich freute und an dessen Ende sie hoffentlich zu sich selbst stehen und sich akzeptieren könnte, genau wissend, wer sie war. Das wünschte sie sich.

# KAPITEL ZEHN

Tilly nutzte die Zeit jedoch nicht nur um ihrer menschlichen Freundin beizustehen. So sehr sie sich auch freute, dass diese sich wieder an sie, ihre Freundschaft und all den Spaß, den sie immer zusammen gehabt hatten, erinnerte und all das nun wieder aufleben ließ, konnte sie sich ein Leben, in der neuen Heimat, ohne die Gesellschaft anderer Feen nicht vorstellen. Sie brauchte die Geborgenheit, die Gemeinschaft und eine Heimat in der Natur ebenso sehr, wie Blumen das Licht brauchen, um zu wachsen. Darum hatte sie sich auf die Suche gemacht und war fündig geworden.

Ihr erster Weg hatte sie in den Rosengarten geführt, der nur wenige Flugminuten von Juljas Wohnung entfernt lag. Doch auch wenn der Rosengarten wunderschön war, Feen waren ihr da kaum begegnet, und wenn, dann waren sie nur zu einem kleinen Abstecher oder Zwischenstopp dort gelandet. Wohnen wollte dort keine von ihnen, schließlich wimmelte es dort den ganzen Tag von Menschen. Also musste eine neue Idee her. Und da hatte sich Tilly an die atemberaubenden Fotografien in Bettys Laden erinnert und Julja so lange in den Ohren gelegen, bis sie mit ihr zu dem, auf den Fotos abgebildeten, Friedhof gegangen war.

Sofort war es da gewesen, das Gefühl, das Feenreich in ihrer neuen Heimat gefunden zu haben. Zwischen den Blättern und Zweigen, hinter den alten, steinernen Grabmälern, von überall her hatte sie das Summen und Flügelschlagen und die glockenhellen Stimmen ihres Volkes gehört. Vor lauter Freude hatte ihr ganzer Körper angefangen zu vibrieren und so war sie sofort aus Juljas Tasche herausgeschossen, als sich der Reißverschluss einige Zentimeter weit geöffnet hatte.

Etwas traurig und leicht verdutzt hatte Julja ihrer Freundin nachgeblickt, die im Bruchteil einer Sekunde verschwunden war. Was nun? Ein paar Minuten war Juljas Blick ratlos umhergewandert, dann war sie entschlossen losgestiefelt und hatte den alten, parkähnlichen Friedhof erkundet. Schon nach kurzer Zeit hatte er sie komplett in seinen Bann gezogen. Viele alte Grabmäler, wunderschöne alte Bäume und diese unglaubliche, entspannend wirkende, Ruhe hatten es Julja angetan und sie genoss jede Minute.

Dabei war ihr gar nicht aufgefallen, dass Tilly sie lächelnd beobachtete. Die Fee hatte schon nach kurzer Zeit den perfekten Platz für ihr Zuhause im Feenreich gefunden. Ein gepflegtes Grab, bewachsen mit Sträuchern und Blumen, an einem schmalen Weg gelegen, etwas abseits des Hauptweges, genau das war es, was Tilly gesucht hatte. Erste lose Kontakte hatten sich auch schon ergeben. Sicher würde bald auch mehr daraus werden.

Eigentlich hatte Tilly sich dann aufgemacht, um Julja zu suchen und ihr diesen besonderen Platz zu zeigen, aber als sie bemerkt hatte, wie sehr Julja den Spaziergang genoss und einmal komplett zur Ruhe kam, hatte sie ihre Freundin nur aus der Ferne begleitet und abgewartet. Doch irgendwann war die Dämmerung aufgezogen und es war an der Zeit gewesen, Julja das Grab zu zeigen, an dem sich ihr neues Feenzuhause befinden sollte, bevor der Friedhof seine Tore schloss. So hatte Tilly schweren Herzens die Ruhe gestört und Julja voller Stolz dorthin gelotst.

Auch wenn Julja die Fee gerne rund um die Uhr bei sich hätte, wusste sie doch, wie wichtig ein Heim und Freunde waren. Und so hatte sie sich für Tilly gefreut und jeden Strauch, jede Blume und jeden Stein auf dem Grab begeistert bewundert, was die Fee freudig zur Kenntnis genommen hatte.

Seitdem pendelte Tilly zwischen ihrem Zuhause auf dem alten Friedhof und Juljas Wohnung hin und her. Julja besuchte Tilly im Gegenzug regelmäßig auf dem Friedhof. Die Fee hatte sogar schon ihre „Nachbarin", eine junge Fee namens Juno, davon überzeugen können, dass nicht alle Menschen eine Bedrohung waren und sie sich Julja ruhig zeigen könnte.

Doch nun, da das Wochenende vor der Tür stand, gingen die Planungen von Julja und Tilly recht deutlich auseinander. Natürlich löste das Diskussionen aus, die nicht allzu harmonisch geführt wurden. Wie das mit Meinungsverschiedenheiten eben nun mal so ist. Denn es gab etwas, was Tilly suchte und bislang noch nicht gefunden hatte: tierische Freunde. Natürlich gab es auf dem Friedhof das ein oder andere Mäuschen und einige Vögel, die in den alten, hohen Bäumen ihre Nester errichtet hatten, aber das war kein Vergleich zu all den Tieren, mit denen Tilly am Niederrhein eine Freundschaft verbunden hatte.

Dort hatte sie sogar Pferde und Kühe gekannt, die sie regelmäßig auf ihnen hatten reiten lassen. Dachse und Füchse, die ihr von dem aufregenden Leben in den Wäldern erzählt hatten und sogar einige Fische und Frösche, mit denen sie besonders im Sommer viel Spaß gehabt hatte. Die Wasserfontänen, die die Frösche mit ihren Mündern gespuckt hatten, hatte sie immer als willkommene Abkühlung empfunden. Naja, zumindest fast immer.

## KAPITEL ELF

Julja aber hatte ganz andere Pläne. Schon seit Jahren spielte sie mit dem Gedanken sich tätowieren zu lassen. Schon öfter war sie kurz davor gewesen, hatte jedoch im letzten Moment immer einen Rückzieher gemacht. Jetzt aber war sie sich sicher, einhundertprozentig sicher. Diesen Schwung wollte sie auf gar keinen Fall ungenutzt verstreichen lassen. Am Wochenende würde ihr Weg sie in ein Tattoo-Studio und bestenfalls auch direkt zu der Tätowierung führen. Ein Bild ihres zukünftigen Tattoos hatte sich bereits vor ihrem inneren Auge verfestigt.

Tilly schmollte, doch dieses Mal hatte sie keine Chance. Kein Zetern und kein Betteln konnte Julja erweichen. Innerlich frohlockte die Fee darüber, zeigte es doch, dass ihre Freundin zu ihrer inneren Stärke fand. Doch das konnte oder wollte sie natürlich nicht zugeben. So schmollte sie weiter, bis Julja, bereit zum Aufbruch, die Türklinke in der Hand hielt. Da endlich gab sie sich einen Ruck und flog in die Crossbag, die Julja offengelassen hatte, in der Hoffnung, dass Tilly sie doch begleiten würde.

Julja spürte eine große Erleichterung und machte sich forschen Schrittes auf den Weg zu einem kleinen Tattoo-Studio, ganz in der Nähe der Kunsthandwerkerpassage, von dem Betty ihr erzählt hatte. Es gehörte einem talentierten Tattoo-Artist, der nicht dem Mainstream folgte und nur Kunstwerke unter die Haut sticht, von denen er vollkommen überzeugt war. Wer sich von ihm stechen lässt, muss das Ergebnis, zu einem gewissen Grad, aus der Hand und dem Künstler einige Freiheiten geben. „Aber das Ergebnis ist es wert", hatte Betty ihr versichert und ihr zum Beweis ein atemberaubendes Kunstwerk von ihm gezeigt, das ihre linken Rippen zierte.

Je näher Julja dem Laden kam, umso mehr verlangsamten sich ihre Schritte. Da war sie wieder, diese laute, beständige, zweifelnde Stimme in ihrem Hinterkopf, die sie nicht nur von einem Tattoo, sondern auch schon von so vielen anderen Dingen in ihrem Leben abgehalten hatte. Julja verfluchte sich, war maßlos enttäuscht. Sie wollte nicht zulassen, dass ihre Selbstzweifel sie weiterhin ausbremsten, aber es gelang ihr nicht, den Kampf gegen sich selbst zu gewinnen und das Studio zu betreten.

Resigniert wandte sie sich zum Gehen, als sie eilige Schritte und ein Hecheln hörte. Neugierig drehte sie sich um und sah einen stattlichen Hund auf sich zukommen. Der Mann am Ende der Leine versuchte, ihn zu bremsen und es gelang ihm tatsächlich, den Hund kurz vor Juljas Beinen zum Stehen zu bringen.

„Entschuldigung", keuchte er. „Könnten sie vielleicht... Ach, du bist es, super. Hör mal, könntest du bitte kurz auf Donnie aufpassen. Ich muss ganz dringend zu meinem Bruder, dauert auch nicht lange, versprochen." Mit diesen Worten drückte er Julja die Leine in die Hand und ging schnellen Schrittes ins Studio, noch ehe Julja begriff, wie ihr überhaupt geschah.

Fassungslos blickte sie dem Mann hinterher, dann auf die Leine in ihrer Hand. Das war Manuel gewesen. Seit dem peinlichen Abend in der Volstead-Lounge hatte sie ihn nicht mehr gesehen. Die Gedanken an ihn hatte sie bestmöglich verdrängt und nun passte sie auf seinen Hund auf. Am liebsten wäre sie Hals über Kopf geflüchtet, genau wie an jenem Abend, aber wie sollte das gehen. Sie konnte ja schlecht den Hund sich selbst überlassen. Wie hatte Manuel ihn noch gleich genannt. Ach ja, Donnie.

Außerdem ist es doch egal, schoss es ihr durch den Kopf. Du dumme Kuh hast dich ja eh schon bis auf die Knochen blamiert und Manuel damit bestimmt verschreckt. Was soll also noch passieren?

Gedankenverloren kraulte Julja den Hund hinter dem Ohr, während der sehr interessiert an ihrer Crossbag schnüffelte. Doch noch bevor sie entscheiden konnte, ob sie Tilly und Donnie einander vorstellen sollte, trat Manuel schon wieder aus der Tür heraus.

Lächelnd und mit deutlich ruhigerer Atmung, als beim Betreten, griff Manuel nach der Leine und berührte dabei Juljas Hand. „Vielen Dank, dass du auf Donnie aufgepasst hast."

„Gern geschehen." Zum ersten Mal gingen Worte in Manuels Gegenwart problemlos über ihre Lippen. Sie wandte sich zum Gehen.

„Hey, warte mal." Überrascht drehte Julja sich zu Manuel um und blickte ihn fragend an. „Ähm, also, ich meine, es geht mich zwar nichts an, aber was machst du eigentlich hier? Möchtest du dich tätowieren lassen?" Das Julja noch nicht im Studio gewesen war, wusste er, danach hatte er seinen Bruder direkt gefragt. Irgendwie wurde er nicht schlau aus dieser Frau. Jemand wie sie war ihm noch nie zuvor begegnet.

Julja nickte. „Ja dann." Einladend deutete Manuel in Richtung der Tür, doch Julja schüttelte nur den Kopf.

„Was habe ich denn jetzt wieder falsch gemacht", schoss es Manuel durch den Kopf. „Lust auf einen Kaffee? Es gibt hier ein hervorragendes kleines Kaffeehaus, seit über hundert Jahren in Familienbesitz." Aus einem Impuls heraus hatte er die Frage gestellt, rechnete jedoch fest damit, einen Korb zu bekommen. Doch Julja nickte.

„Klingt gut", mehr brachte sie nicht heraus, brauchte sie aber auch nicht. Hätte sie aufgeblickt, wäre ihr vielleicht das Strahlen in Manuels bernsteinfarbenen Augen aufgefallen, doch sie starrte nur zu Donnie herunter, verzweifelt bemüht, ihre rasend schnell kreisenden Gedanken zu beruhigen.

# KAPITEL ZWÖLF

Schweigend liefen sie nebeneinander zu dem nahe gelegenen Kaffeehaus und genauso schweigend setzten sie sich an einen der kleinen, runden Tische an der großen Fensterfront.

Ein wenig verfluchte Manuel sich für seine Frage und seine anfängliche Euphorie verflog. Wenn das so weiterging, würde das ein verdammt anstrengendes Treffen. Donnie machte es sich so gut wie es bei seiner Größe möglich war, unter dem Tisch zwischen ihren Füßen bequem und schlief fast sofort ein. Ein leises Schnarchen dang zu ihnen herauf.

„Die Eierschecke hier ist der Wahnsinn. Fast so gut wie bei meiner Oma", versuchte Manuel das Eis und das Schweigen zu brechen. Und tatsächlich schaffte er es, Julja ein Lächeln zu entlocken. „Na dann ist wohl klar, was ich bestelle", lachte sie. „Kannst du auch was zu Trinken empfehlen?"

Manuel unterdrückte den Impuls, die Frage für eine Anspielung auf Juljas Flucht aus der Lounge und den stehengelassenen Cocktail zu nutzen. Aber das wäre mit hundertprozentiger Sicherheit ein Stimmungskiller. Schnell biss er sich auf die Zunge, also zumindest sprichwörtlich. „Kaffee und ein Gläschen Eierlikör." Ohne Zögern bestellte Julja diese Empfehlung und Manuel tat es ihr gleich.

Während sie auf ihre Bestellung warteten, rasten Manuels Gedanken immerzu im Kreis. Warum war Julja nicht in das Studio seines Bruders gegangen? Ob das etwas mit ihm zu tun hatte? Sie war immer recht abweisend, wortkarg, ganz anders als die meisten Frauen in der Bar. Aber sie war mit ihm hier. Warum? Er verstand es nicht. Sollte er sie darauf ansprechen? „Aber ich will sie nicht verschrecken, nicht, dass sie das in den falschen Hals bekommt. Aber wenn ich sie nicht frage, dann werde ich es nie verstehen, sie nie verstehen", überlegte er.

Gerade als er sich ein Herz fassen wollte, kam die sympathische Bedienung und brachte Eierschecke, Kaffee und Eierlikör. Verstohlen beobachtete Manuel, wie Julja ein Stück Eierschecke in den Mund schob. Ein verzücktes Lächeln zeichnete sich auf ihrem Gesicht ab. „Mmmhhhh, der Wahnsinn!"

Jetzt oder nie. Manuel nahm all seinen Mut zusammen. „Komm, lass mich nicht dumm sterben. Was war das gerade vor dem Studio?" Mit einer übertrieben theatralischen Geste fasste er sich ans Herz und blickte Julja flehend in die Augen, in diese wunderschönen, leuchtend-grünen Augen, mit dem braunen Kranz um die Iris. „Jetzt nicht abschweifen", ermahnte Manuel sich selbst und hielt den flehenden Blick aufrecht, angestrengt bemüht, nicht loszulachen. Was ihm jedoch nur wenige Sekunden gelang.

Zu seiner Erleichterung stimmte Julja in sein Lachen ein. Recht schnell wurde sie jedoch wieder ernst und richtete ihren Blick, an Manuel vorbei, an die Wand. Sie wollte nicht mit der Sprache rausrücken, es war ihr peinlich, doch das völlig unbeschwerte

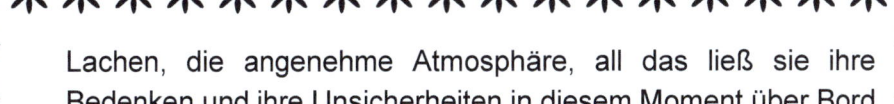

Lachen, die angenehme Atmosphäre, all das ließ sie ihre Bedenken und ihre Unsicherheiten in diesem Moment über Bord werfen.

Mit gesenktem Blick saß sie da und murmelte einige, kaum hörbare, Worte. „Ich hab Angst." Fest rechnete sie damit, dass Manuel sie auslachen würde. Schließlich hatte er Tätowierungen und sein Bruder schien ja in der Branche zu arbeiten. Aber da war kein Lachen.

„Vor den Schmerzen?" Manuels Stimme war sanft und verständnisvoll. Julja nickte. „Dumm, nicht wahr?" „Nein, gar nicht." Manuel schüttelte den Kopf. „Es ist dein erstes Tattoo, oder? Du weißt also nicht, was dich erwartet. Da ist es ganz normal, dass du dir Sorgen machst. Warum willst du dich tätowieren lassen?"

Ohne zu zögern, antwortete Julja. „Ich möchte seit vielen Jahren eine Erinnerung an eine geliebte Person auf meiner Haut verewigen. Ich bin davon überzeugt, dass es mir helfen wird, den wiederkehrenden Schmerz besser auszuhalten und mich mehr an die schönen Dinge zu erinnern, die wir zusammen erlebt haben. Ich will, dass die glücklichen Erinnerungen die Oberhand über den Schmerz bekommen."

Diese Worte trafen Manuel mitten ins Herz, wusste er doch genau, wie Julja sich fühlte. Gedankenverloren strich er über das Sternzeichen auf seinem Handrücken.

Manuel tat alles, um Julja die Angst zu nehmen. Er erzählte von seinen Erfahrungen, von seinem Bruder, der, wie Julja erfuhr, der Inhaber und Künstler des Studios ist und ließ sich von Julja erzählen, welches Motiv sie sich für ihr erstes Tattoo wünschte. Ein Sugar Skull sollte es werden, mit dem Todestag, unauffällig eingearbeitet in die filigranen, bunten Verzierungen. „Weil mir der Umgang mit dem schwierigen Thema Tod, wie er dort praktiziert wird, mehr zusagt", hatte Julja ihm erklärt.

Die beiden hatten gar nicht bemerkt, wie die Zeit verstrichen war, bis ein Blick auf die Uhr Manuel zusammenzucken ließ. „Scheiße!", platzte es aus ihm heraus. „Ich muss Donnie zurückbringen."

Hektisch kramte er mit einer Hand in der Jacke, während er mit der anderen Hand nach der Servicekraft winkte. Julja verstand nicht wirklich, was da gerade vor sich ging. Einzelne gemurmelte Worte wie „Gassigänger" und „Tierheim" verbanden sich in ihrem Kopf zu einem Bild.

„Ich mach das schon." Lächelnd legte sie Manuel für einen kurzen Moment die Hand auf den Arm und neigte den Kopf in Richtung der Rechnung auf dem Tisch. Manuel wollte protestieren, doch ihm lief verdammt noch mal die Zeit weg. Hektisch kritzelte er etwas auf die Serviette, die er Julja rüberschob.

„Wenn die Angst wiederkommt, du jemanden zum Reden brauchst oder eine Begleitung zum Studio, ruf mich an." „Oder auch sonst jederzeit", ergänzte er in Gedanken, sprach es jedoch

nicht aus. „Das nächste Mal gehen die Getränke auf mich."
Lächelnd schnappte er sich die Leine und hastete aus dem
Kaffeehaus.

„Es war sehr schön." Das musste er unbedingt noch loswerden,
in der Hoffnung, dass Julja ihn überhaupt noch gehört hatte.

Die saß mit geschlossenen Augen und wild rasendem Herzen
auf ihrem Stuhl, mit einem Dauergrinsen auf den Lippen.

Oh ja, es war schön gewesen, sehr schön sogar. Oder vielleicht
zu schön, um wahr zu sein? „Nein! Heute nicht! Heute lasse ich
mir den Tag nicht verderben!" Resolut verdrängte Julja die
Selbstzweifel aus ihrem Kopf und genoss gut gelaunt den
verbleibenden Tag. Oder besser gesagt, den Abend.

## KAPITEL DREIZEHN

Für den Moment gelang es Julja das gute und wohlige Gefühl in der Magengrube einfach vorbehaltlos zu genießen und so war es nicht weiter verwunderlich, dass sie einen äußerst schönen Traum hatte. Schön, ein wenig sonderbar, aber auch ziemlich kitschig, wie Julja sich nach dem Aufwachen eingestehen musste. Wie in diesen Filmen, die sie eigentlich gar nicht leiden konnte.

*Es war ein warmer, sonniger Sommertag. Die Sonne strahlte von einem wolkenlosen Himmel. Sie genoss die wärmenden Strahlen auf ihrer Haut, gut verborgen vor neugierigen Blicken auf einem etwas abgelegenen Teil der Elbwiesen.*

*Wenn sie die Augen schloss, hörte sie nichts als das leise Rauschen der Blätter, wenn ein sanfter Windhauch über die hinwegstreifte, des Wassers und das weit entfernte Schnattern der Enten.*

*Sie fühlte sich vollkommen entspannt und glücklich, sog die Ruhe und die Wärme in sich auf. Doch nicht nur die wärmenden Sonnenstrahlen waren auf ihrer Haut zu spüren.*

*Starke, aber sanfte, Hände legten sich auf ihre Wangen und streichelten sanft über ihr Gesicht, ihre Lippen. Sie hielt die Luft an, genoss jede noch so kleine Berührung, wagte es nicht, die Augen zu öffnen, zu sehr fürchtete sie, dass alles nur ein Traum war, der enden würde, sobald sie das Blau des Himmels und die Sonne erblickte.*

*Den Händen folgten leicht feuchte Lippen, die sich zärtlich auf die ihren legten. Nun war es nicht mehr nur die Sonne, die sie wohlig wärmte, sie jedoch auch genussvoll erschauern ließ. Leicht, nur ganz leicht, um den Moment nicht zu zerstören, blinzelte sie, öffnete für einen Bruchteil einer Sekunde die Augen.*

*Die bernsteinfarbenen Augen, in die sie blickte, würde sie unter tausenden und abertausenden Augen erkennen. In diesem Moment leuchteten sie noch ein wenig mehr als sonst.*

*Mit einem leisen Stöhnen lehnte Julja den Kopf etwas weiter nach hinten, vergrub ihre Hände in den Haaren ihres Gegenübers und zog ihn noch näher an sich heran, ohne auch nur für einen kurzen Moment die Lippen von seinen zu nehmen.*

*Sekunden wurden zu Minuten, Minuten zu Stunden, während seine Hand über ihren Oberkörper strich, ihn erkundete. Mit seinen Fingern zeichnete er nicht nur die Konturen und Rundungen ihres Körpers nach, sondern schien auf ihm zu malen, wie ein Künstler auf seiner Leinwand.*

*Er beendete sein Meisterwerk mit zwei sanften Küssen auf ihrem Sternum, bevor er so plötzlich verschwand, wie er gekommen war.*

*Ein wenig traurig, aber dabei so glücklich wie selten in ihrem Leben, öffnete Julja die Augen. Als sie an sich herabblickte, sah sie, dass ein zarter Sugar Skull ihren Oberkörper schmückte, verziert mit filigranen, bunten Ornamenten, eingehüllt in ein Meer aus abertausenden Blüten und Blättern, die ihre Brüste und ihre Hüften bedeckten. Dort, wo seine Küsse ihren Körper berührt hatten, blühten zwei prachtvolle rote Rosen.*

Doch nicht nur Juljas Träume veränderten sich. Auch Manuel sah nun jede Nacht das lächelnde Gesicht von Julja. Egal wovon seine Träume handelten, Julja war dort. Im Fußballstadion, auf dem Rockkonzert, in der Bar, und er ertappte sich mal um mal dabei, dass die Erinnerungen an diese Träume in lächeln ließen.

Jeden Tag hoffte er, dass sein Handy klingeln würde oder zumindest ein Piepen oder Vibrieren eine Nachricht von Julja ankündigte, doch es blieb stumm.

# KAPITEL VIERZEHN

Seit dem Treffen mit Manuel war eine Woche vergangen und Julja hatte ihr Handy gefühlt tausendmal in der Hand gehabt, um ihn anzurufen, und es dann doch wieder beiseitegelegt. Auch alle Versuche von Tilly, sie zu bewegen, endlich die Anruftaste zu drücken, egal ob mit aufmunternden oder sogar mit drohenden Worten, liefen ins Leere. Selbstzweifel und Ängste gewannen, trotz all der positiven Erfahrungen und Veränderungen, erneut die Oberhand.

Tilly konnte es kaum mit ansehen, ihre Freundin so unentschlossen, hilflos und auch traurig zu sehen. Fieberhaft überlegte sie, wie sie dem Schicksal auf die Sprünge helfen könnte. Am liebsten hätte sie Manuel einfach in Juljas Namen kontaktiert, doch auch wenn Feen durchaus besondere Fähigkeiten hatte, die technischen Geräte der Menschen zu nutzen gehörte nicht zu den Dingen, die sie beherrschten. Auch mit der Sprache taten sie sich schwer, zumindest wenn es darum ging zu lesen oder zu schreiben. Darum musste sie sich etwas anderes einfallen lassen. Nachdem sie Manuel einige Tage beobachtet hatte, kam ihr eine Idee.

„Ich will eine Katze!" Tillys Stimme nahm diesen nervenden, fast schrillen, Klang an, den Julja schon als Kind gehasst hatte. Die Fee schmunzelte, denn Juljas Laune blieb ihr natürlich nicht verborgen. Sie holte tief Luft und schrie in dem schrillsten Tonfall, der ihr möglich war. „ICH WILL EINE KATZE!"

Seit Tagen lag sie Julja damit in den Ohren und langsam, aber sicher gelang es ihr, ihre Freundin zu zermürben. Julja seufzte laut auf und schüttelte heftig den Kopf. Doch auch sie wusste, dass es ein letztes Aufbäumen war, bevor sie sich dem Unvermeidlichen fügen und zusammen mit der Fee das Tierheim besuchen würde.

Tilly schwieg, doch sie zog einen solchen Schmollmund, dass Julja lachen musste und ihr versprach, am nächsten Tag zumindest mal zu schauen, was das örtliche Tierheim so zu bieten hatte.

Äußerst zufrieden mit sich, schlief Tilly ein. Vor lauter Freude verzichtete sie sogar auf ihren abendlichen Ausflug zu ihren Feenfreunden.

Am nächsten Morgen blickte Tilly immer wieder unruhig auf die Wohnzimmeruhr, was auch Julja nicht entging. Sie schob es auf Tillys Vorfreude auf den Tierheimbesuch, doch in Wahrheit war die Fee nervös, sehr nervös sogar, denn ihr Plan brauchte ein gutes, nein, ein sehr gutes Timing, wenn er gelingen sollte.

Zuerst schien es, als sollte ihr Plan aufgehen. Als Julja das Tierheim betrat, zeigte die Uhr im Eingangsbereich Punkt 10, genau den Zeitpunkt, an dem das „zufällige" Zusammentreffen mit Manuel stattfinden sollte.

Doch erschrocken musste Tilly feststellen, dass Manuel nirgends zu sehen war. Wie konnte das sein. Donnie hatte ihr doch versichert, dass Manuel jeden Samstag um Punkt 10 ins Tierheim kam, kurz mit Gabriele, der Tierheimleiterin, die alle nur Gabi nannten, sprach, dabei einen Kaffee trank und ihn dann um Viertel nach zehn abholte. So zuverlässig, dass man die Uhr danach stellen konnte.

Das durfte doch nicht wahr sein! Das konnte einfach nicht wahr sein! Hatte sich denn alles gegen sie verschworen? Vor lauter Frust lief eine dicke Träne über Tillys Wange. Schnell wischte sie sie weg, schließlich durfte Julja nichts mitbekommen. Sie wäre bestimmt furchtbar böse, wenn sie wüsste, dass ihre Feenfreundin sich in ihr Liebesleben einmischte.

Deren Konzentration war zum Glück gerade voll und ganz auf die Tierheimleiterin gerichtet, die sie freudig begrüßte. „Julja, richtig? Du interessierst dich für die Adoption einer unserer Katzen? Dann komm mal mit in unser Katzenhaus, da kannst du die Kandidaten kennenlernen."

Mit einer einladenden Handbewegung forderte Gabi Julja, die sich nicht zweimal bitten ließ, auf, ihr zu folgen. Auch wenn sie sich Tilly gegenüber eher zurückhaltend geäußert hatte, liebäugelte sie schon seit ihrem Umzug mit einem tierischen Mitbewohner. Eigentlich musste sie der Fee sogar dankbar sein, für die Überredung, die Sache endlich in Angriff zu nehmen. Wieder einmal.

Gemeinsam betraten Gabi und Julja das Katzenhaus und machten es sich auf einer kleinen, gemütlichen Bank bequem. „Damit die Katzen sich erst mal an unsere Anwesenheit

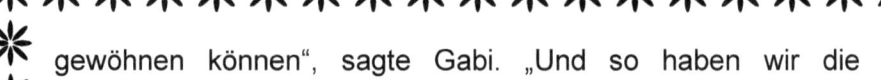

gewöhnen können", sagte Gabi. „Und so haben wir die Gelegenheit, uns ein bisschen besser kennenzulernen."

Doch noch ehe sie sich unterhalten konnten, klingelte Gabis Handy. „Oh, da muss ich drangehen, das ist wichtig. Entschuldige mich einen Moment."

Neugierig blickte Julja sich um. Natürlich hatte sie schon auf der Homepage des Tierheims nach potenziellen Mitbewohnern gesucht, doch sie wollte versuchen, unvoreingenommen an die Sache heranzugehen. Die Chemie musste passen, etwas, das man nur feststellen konnte, wenn man sich beschnupperte. Im wahrsten Sinne des Wortes.

# KAPITEL FÜNFZEHN

Als sich die Tür des Katzenhäuschens, nach einigen Minuten, wieder öffnete blickte Julja strahlend auf. Sie hatte erwartet Gabi zu sehen. Stattdessen stand dort Manuel, der sie, wie vom Donner gerührt, anstarrte.

Julja spürte, dass ihr die Röte ins Gesicht stieg. Hastig wandte sie ihren Blick ab, damit er ihre Verlegenheit nicht sah. Ihr hochroter Kopf machte sie unsicher, aber auch wütend auf sich selbst, was für ihre Gesichtsfarbe alles andere als förderlich war.

Auch Manuel wusste nicht, wie er reagieren sollte. Er hatte Gabi auf dem Flur getroffen und sie hatte ihn gebeten, für sie einzuspringen. Die Feuerwehr würde ein Fundtier bringen und sie musste schnell alles vorbereiten, hatte sie ihm erklärt. Er hatte sich gern dazu bereiterklärt. Manuel half seit Jahren ehrenamtlich im Tierheim und der Kontakt mit potenziellen Adoptanten machte ihm besonders viel Spaß. Niemals hätte er damit gerechnet, auf Julja zu treffen. Julja, deren Anruf er herbeigesehnt hatte, die aber augenscheinlich kein Interesse an ihm hatte. Denn die Zeit, die Frauen angeblich abwarteten, um interessanter zu wirken, war längst verstrichen. Auch ihre Reaktion sprach Bände, oder etwa nicht?

Sein erster Impuls war, einfach zu gehen. Doch Juljas Reaktionen waren schon öfter seltsam gewesen, um es höflich auszudrücken. Und er musste es einfach wissen, sonst würde er nicht mit der Sache abschließen können. Was für eine Sache da auch immer zwischen ihnen sein mochte. Also setzte er sich zu Julja, dorthin, wo vor wenigen Minuten noch Gabi gesessen hatte, und suchte nach den richtigen Worten.

Als das Schweigen zwischen ihnen langsam peinlich wurde, begriff er jedoch, dass es die richtigen Worte vermutlich gar nicht gab. „Also einfach raus damit", schoss es ihm durch den Kopf.

„Julja, ich bin froh, dass wir uns hier zufällig treffen, ich", weiter kam er nicht, denn in diesem Moment sprang Nala, eine hübsche, schwarze europäische Kurzhaarkatze auf seinen Schoss und streckte Julja maunzend ihr Köpfchen entgegen.

Tilly lächelte. Sollte ihr Plan, wenn auch mit Verspätung, doch noch aufgehen? Sie und Nala hatten sich sofort verstanden und Nala hatte bereitwillig ihre Hilfe angeboten.

Manuel schmunzelte. „Da scheint dich ja noch jemand zu mögen", sagte er, um einen möglichst belanglosen Tonfall bemüht. Dennoch bekam er rote Ohren, was auch Julja nicht entging, die ihren Blick zögernd hob.

„Es tut mir leid", murmelte sie, während sie Nala unablässlich am Kinn kraulte. „Ich wollte mich ja melden. Unser letztes Treffen war so schön, aber…" Sie zog ihre Hand weg, was Nala mit einem entrüsteten Maunzen quittierte, und knetete eine Hand in der anderen. Sollte sie Manuel die Wahrheit sagen? Wieder hob sie leicht den Blick. Manuel sah freundlich lächelnd zu ihr, aber seine Augen verrieten seine Traurigkeit.

„Er hat es verdient", schoss Tillys Stimme durch ihren Kopf und sie nickte. Ja, das hatte er.

„Aber ich wusste nicht, ob du mich wirklich wiedersehen wolltest. Ich meine, warum solltest du auch. Es gibt so viele Frauen, die Interesse an dir haben, hübschere Frauen, dünnere Frauen." Juljas Stimme brach, sie spürte einen riesigen Kloß im Hals.

Ihre Worte trafen Manuel wie ein harter Schlag in die Magengrube. Diese wundervolle Frau wusste wirklich nicht, was für ein besonderer Mensch sie war. So vorsichtig, wie es mit Nala auf dem Arm möglich war, legte er seine Hand unter Juljas Kinn und drückte ihren Kopf sanft nach oben, bis sie ihm in die Augen sah. Er bemerkte, dass Tränen in ihnen schimmerten.

„Ja, ich wollte dich wirklich wiedersehen. Ich WILL dich wirklich wiedersehen", betonte er, ohne den Blick von ihr abzuwenden. Julja nickte langsam. Da war etwas in seinem Blick, dass ihr alle Zweifel nahm.

„Das hier auf meinem Arm ist übrigens Nala", lachte Manuel. „Sie ist mit ihren zehn Jahren schon eine Seniorin, aber sie hat einen tollen Charakter. Normalerweise ist sie schüchtern, daher wurde sie bisher auch immer übersehen. Irgendwie habe ich das Gefühl, sie passt sehr gut zu dir."

Er lächelte, und Julja musste ebenfalls lächeln. Die Beschreibung traf auch auf sie zu, ohne dass etwas Belustigtes oder Spöttisches in Manuels Stimme lag. Er schien sie zu verstehen.

„Du hast aber noch keine Katze, oder?" Julja schüttelte den Kopf. „Sehr gut, denn wenn Nala etwas nicht ausstehen kann, dann sind es andere Katzen. Dann zieht sie sich komplett zurück. Dafür kommt sie hervorragend mit Hunden aus."

„Und mit Feen", schoss es Tilly durch den Kopf, die die Unterhaltung gebannt verfolgte.

„Also, willst du dieser schwarzen Schönheit ein liebevolles Zuhause geben, auch wenn es, aufgrund ihres Alters, vielleicht nur noch ein paar wenige Jahre sind?" Ernst blickte Manuel Julja an, die seinen Blick erwiderte und so tat, als müsse sie intensiv darüber nachdenken. Dabei hatte sie ihr Herz längst verloren. An Manuel und an Nala.

„Ja, ich will!", antwortete sie und hätte sich sofort am liebsten selbst geohrfeigt. Doch zu ihrer Erleichterung fing Manuel schallend an zu lachen und sie stimmte mit ein.

„Na dann, lass uns Gabi suchen, damit sie alle Papiere vorbereiten kann. Du kannst dann in Ruhe eine Grundausstattung für Katzen besorgen, und dann bringt Gabi Nala vorbei."

Manuel sah, dass Julja leicht enttäuscht das Gesicht verzog. „Ich werde sie natürlich begleiten", fügte er daher schnell hinzu.

Mit einer letzten langen Streicheleinheit verabschiedete sich Julja von ihrer baldigen Mitbewohnerin. Auf dem Flur trafen sie Gabi. Als sie erfuhr, dass die Wahl auf Nala gefallen war, schossen ihr einige Tränen des Glücks in die Augen. Sie freute sich für ihren Schützling, der bislang einfach kein Glück gehabt hatte.

Gemeinsam gingen die beiden Frauen, begleitet von Manuel, ins Büro, um alle Angaben zu notieren, die für das Ausstellen der Papiere gebraucht wurden.

Ein fragender Blick von Gabi traf Manuel. „Was machst du denn hier? Solltest du nicht zu Donnie gehen? Der erwartet dich bestimmt schon sehnsüchtig und den Rest schaffe ich auch allein." Sie lächelte ihn an, doch Manuel schüttelte nur heftig mit dem Kopf. „Hast du Papier und Stift für mich?", stellte er eine Gegenfrage, ohne weiter auf Gabis Aussage einzugehen.

Die Tierheimleiterin runzelte irritiert die Stirn, nickte dann aber und deutete auf eine Ecke des, gelinde gesagt, unaufgeräumten Schreibtisches. Wortlos griff Manuel danach und reichte es Julja weiter. Die verstand sofort. Lächelnd, und ohne zu zögern, notierte sie ihre Handynummer und gab Manuel den Zettel, der ihn sofort sicher in einer Jackentasche verwahrte. Nochmal würde er diese Frau nicht entwischen lassen. So machte er auch keine Anstalten, das Büro zu verlassen, sondern wartete geduldig, bis alle Formalitäten erledigt waren.

„Magst du Donnie und mich auf unserem Spaziergang begleiten? Ich kann zwar nicht versprechen, dass wir an einem Café vorbeikommen, aber falls nicht, könnten wir die Adoption von Nala ja auch im Anschluss mit einem gemeinsamen Abendessen feiern.

Lächelnd ergriff Julja die entgegengestreckte Hand.

Natürlich wollte sie!

# KAPITEL SECHSZEHN

Zielstrebig führte Manuel Donnie und Julja über Feld- und Wiesenwege bis zur Elbe, wo sie weiter entlangspazierten. Weit und breit war kein Café zu sehen. Zufall? Manuel hatte die Strecke ganz bewusst ausgewählt, wollte er doch auf jeden Fall noch ein Abendessen mit Julja. Das gab er natürlich nicht zu. Fragte Julja nach, ob er denn ein Café in der Nähe kenne, überspielte er sein schlechtes Gewissen und versuchte, sich seine kleine List nicht anmerken zu lassen.

Julja fiel es schwer, ernst zu bleiben und nur glücklich in sich hineinzulächeln. Sie mochte zwar schüchtern, sogar unsicher sein, doch keinesfalls war sie schwer von Begriff. Doch sie freute sich natürlich auch über Manuels Interesse an einem gemeinsamen Abendessen und so spielte sie das Spiel mit.

Der Hundespaziergang fiel deutlich kürzer aus als normal, was Donnie zu einem lautstarken Protestbellen veranlasste. Aber mit einer großen Portion Hundekeksen gelang es Manuel, seinen haarigen Freund wieder versöhnlich zu stimmen. Gabis hochgezogene Augenbraue und ihr wissendes Schmunzeln versuchte Manuel zu ignorieren. Nachdem er Donnie zurückgebracht hatte, hatte sie ihm noch schnell „Viel Glück" zugeraunt und ihm zugezwinkert.

„Sieht man mir so deutlich an, dass ich mich in Julja verliebt habe", fragte er sich. Die Frage verunsicherte ihn so sehr, dass er sogar für einen kurzen Moment überlegte, Julja direkt zu verabschieden und das gemeinsame Abendessen sausen zu lassen. Doch als er in Juljas Gesicht und ihre strahlenden Augen sah, waren alle Unsicherheiten verflogen.

Es wurde ein wunderschöner Abend. Ihr erster Weg führte sie in eines von Manuels Lieblingslokalen, in dem klassische vietnamesische Gerichte serviert wurden, geprägt von regionalen Produkten. Manuel aß mindestens einmal pro Woche dort und hatte mittlerweile einen guten Draht zu dem Besitzer. Es waren aber nicht nur die authentischen Geschmackserlebnisse, die, wie er erfahren hatte, nach echten Familienrezepten gezaubert wurden, die ihn immer wieder dorthin zogen, sondern auch die ganz besondere Atmosphäre im Lokal und die Gespräche. Es fühlte sich an, als wäre er Teil einer großen Familie und das genoss er sehr.

Julja, die noch nie vietnamesisches Essen probiert hatte, fühlte sich leicht überfordert, auch wenn auf die Speisekarte das Motto „klein, aber fein" zutraf. Ihr unsicherer, aber auch leicht skeptischer Blick blieb Manuel nicht verborgen, und so bot er beiläufig und wie selbstverständlich an, ihr sein absolutes Lieblingsessen zu bestellen. Ein Angebot, das Julja dankbar annahm.

Bei jedem anderen hätte es sie gestört, ihre Unsicherheit verstärkt, und ihr das Gefühl gegeben, es alleine nicht auf die Reihe zu kriegen. Doch Manuel hatte eine Art, die ihr das Gefühl gab, eine starke Hand im Rücken zu haben, die sie stützte, aber

nicht lenkte. Sie liebte und genoss dieses Gefühl und verspürte den großen Wunsch, es nie wieder missen zu müssen.

Und so genoss sie Nam, traditionelle Frühlingsrollen, als Vorspeise und Ca Vung, Sesamlachs mit Wokgemüse und Jasminreis, als Hauptgericht.

Sie fasste Mut, sich auf die ihr fremden Aromen einzulassen und musste zugeben, dass es wirklich ganz hervorragend schmeckte. Mit jedem Bissen reifte jedoch auch die Erkenntnis, dass sie sich bislang von ihren Ängsten und Unsicherheiten von so vielen Dingen hatte abhalten lassen. Dadurch hatte sie zugelassen, dass diese ihre Leben bestimmten.

Mit einem tiefen Blick in Manuels bernsteinfarbene Augen nahm sie sich fest vor, sich ihren Ängsten zukünftig häufiger zu stellen und selbstbestimmt und glücklich durch das Leben zu gehen. Und Tilly war ja auch noch da, ihre treue Feenfreundin, die sie jederzeit unterstützen würde!

Der Abend endete in einem nahe gelegenen Brauhaus, in dem sie als süßen Abschluss ein ofenwarmes Schokoladenküchlein mit Vanilleeis und Schlagsahne genossen. Dazu gab es noch einen doppelten Espresso.

Nicht nur kulinarisch war es ein rundum gelungener Tag.

Von da an trafen sich Julja und Manuel regelmäßig, fast täglich, ließen es aber langsam angehen. Es war Julja, die das Tempo vorgab.

Mit jedem Tag wurde das zarte Band zwischen ihnen stärker und ihre Verbindung tiefer.

# KAPITEL SIEBZEHN

Ein ganz besonderer Moment in dieser Zeit war der Einzug von Nala. Auch wenn Julja alle notwendigen Vorbereitungen mit Hilfe ihrer Freunde und Kollegen in Rekordzeit abgeschlossen hatte, sodass Gabi und Manuel ihre neue Mitbewohnerin vorbeibringen konnten, kam es ihr vor wie eine Ewigkeit. Auch Tilly wurde von Tag zu Tag ungeduldiger und quengeliger. Besonders schlimm war es geworden, nachdem der Kratzbaum in der Ecke des Wohnzimmers, nahe der Balkontür, aufgebaut und der Balkon mit Zustimmung des Vermieters katzensicher gemacht worden war. Von diesem Moment an fühlte es sich so an, als würde etwas in der Wohnung fehlen.

Umso glücklicher waren sie, als es an der Tür klingelte. Doch bei Julja mischte sich auch ein leicht stechender Schmerz in der Magengrube in die Vorfreude, denn so sehr sie sich auch gewünscht hatte, dass Manuel dabei sein sollte, so war es doch das erste Mal, dass sie ihn in ihre Wohnung ließ. Vorher hatten sie sich immer nur an öffentlichen Orten oder auch einmal bei ihm getroffen und für Julja war das, was für die meisten Menschen vermutlich normal war, ein riesiger Schritt. Sie riss wieder eine Mauer, einen Teil ihres Schutzes, ein, und ließ Manuel näher an sich und ihr Leben heran.

Entsprechend angespannt waren die ersten Minuten, auch wenn Gabi sehr bemüht war, die Stimmung aufzulockern. Nicht nur Julja war nervös, auch Manuel fühlte sich unsicher, wollte nichts

falsch machen. „War es vielleicht ein Fehler mitzukommen", fragte er sich. Doch er war auch neugierig darauf, wie Julja lebte, und so bemühte er sich, zurückhaltend und unauffällig einen ersten Eindruck zu bekommen.

Wieder, wie auch im Tierheim, war es Nala, der es gelang, das Eis zu brechen. Sie maunzte so jämmerlich in der Transportbox, dass Gabi die Tür, viel schneller als geplant, öffnete. Heraus stolzierte, erhobenen Hauptes, die schwarze Katze und nahm, binnen von Sekunden, den Raum in Beschlag. Keine Spur von Schüchternheit oder Zurückhaltung, als ob dort eine ganz neue Katze stand und wie selbstverständlich den Kratzbaum erklomm.

Kopfschüttelnd, aber mit einem erfreuten Lächeln, kommentierten Manuel und Gabi die Szene. Mit einer langen Streicheleinheit verabschiedeten sie sich von Nala und ließen Julja mit ihrer neuen Mitbewohnerin allein, schließlich sollten sie sich ungestört aneinander gewöhnen.

Zum Abschied fing Manuel Juljas Blick ein und schenkte ihr ein warmes Lächeln, das ihr zeigte, wie sehr er sich auf das nächste Wiedersehen freute und auch, wie sehr er die Zeit mit ihr genoss, auch wenn es, wie heute, nur kurze Augenblicke waren.

Julja genoss die Zeit mit Manuel ebenfalls sehr, machte jedoch nicht den Fehler, ihre neugewonnenen und alten Freundschaften, egal ob menschliche oder mystische Freunde, darüber zu vernachlässigen. Bei ihnen allen konnte sie einfach der Mensch sein, der sie war. Sie brauchte sich nicht zu verstellen oder sich Gedanken darüber zu machen, wie sie sich verhalten musste, was sie sagen konnte oder durfte.

In der Kürze der Zeit hatten nicht nur ihre Kollegin Heidi, sondern auch Patrick und Betty einen festen Platz in ihrem Herzen gefunden. Doch nur Manuel ließ ihr Herz ein klein wenig schneller schlagen, wann immer sie sich sahen oder miteinander sprachen. Das war mehr als Schwärmerei oder Verliebtsein. Sie liebte Manuel!

Mit dieser Gewissheit und ein paar sanften Stößen von Tilly in die richtige Richtung saß Julja zusammen mit Betty auf der gemütlichen Couch in ihrer Wohnung. Sie waren damit beschäftigt, eine Überraschung für Manuel zu planen.

Julja spürte, dass sie so weit war, die Initiative zu ergreifen und einen – zumindest für sie – großen Schritt zu machen, auch wenn sie dabei eine starke Nervosität und Unsicherheit spürte. Dass dies immer ein Teil ihrer Persönlichkeit sein würde, konnte sie mittlerweile akzeptieren, auch dank ihrer guten Freunde, die sie immer wieder dabei unterstützten, sich von diesen Gefühlen nicht übermannen zu lassen.

„Wie ist es hiermit?", fragte Betty, auf den Bildschirm des Laptops deutend, und riss Julja damit aus ihren Gedanken. Dort, wo Bettys Finger hinzeigte, prangte dick der Text „Weihnachtsbäume selber ernten!".

„Schau mal, das wäre doch etwas für euch. Es macht bestimmt Spaß, gemeinsam einen Baum auszusuchen und ihn dann zu schlagen, aufzubauen und zu schmücken." Betty klickte sich weiter durch die Seite. „Oh, und es gibt auch ein Lagerfeuer und was zu trinken und leckere Wildbratwürste. Also, was meinst du?"

Nachdenklich betrachtete Julja das Bild der Weihnachtsbaumplantage und die anderen Bilder, die auf der Seite in der Galerie abgebildet waren. Lächelnde Menschen, dick eingepackt mit Handschuhen, Schals und Mützen, deren Atem kleine Wölkchen in der Luft hinterließ, Becher mit dampfendem Glühwein und ein Lagerfeuer. Sie konnte das Knistern des Feuers und den Duft von Glühwein und Kinderpunsch fast riechen und die Kälte des Schnees und des Windes auf ihren Wangen spüren.

Julja liebte die Advents- und Weihnachtszeit und nun, wo der erste Advent vor der Tür stand und sie diese Bilder sah, verspürte sie den Wunsch, ihr erstes Weihnachtsfest in Dresden zu einem ganz besonderen Festtag zu machen. Doch mochte Manuel Weihnachten überhaupt? Sie hatten noch nie über diese ganz besondere Zeit im Jahr gesprochen und das, obwohl doch der weltbekannte Striezelmarkt auch in diesem Jahr wieder Millionen Menschen in seinen Bann ziehen würde. Schon seit sie wusste, dass sie nach Dresden ziehen würde, freute sich Julja darauf, diesen ganz besonderen Weihnachtsmarkt zu besuchen, denn ein Advent ohne Weihnachtsmarkt, stimmungsvolle Weihnachtsdekoration und ganz viele Kerzen war für sie einfach unvorstellbar.

Langsam nickte Julja. Je länger sie die Bilder betrachtete, umso mehr konnte sie es sich vorstellen, sah sie in den lachenden Menschen Manuel und sich, wie sie händchenhaltend durch die Plantage liefen, auf der Suche nach dem perfekten Baum. Wie sie ihn schlugen und sich dann, mit vor Anstrengung glühenden Wangen, liebevoll küssten.

Mit leicht geröteten Wangen griff Julja zu ihrem Handy und tippte eine kurze Nachricht an Manuel. Sie hatten eh vorgehabt, den Samstag miteinander zu verbringen und nun ließ sie ihn wissen, dass sie ihn gegen 11:30 Uhr abholen würde, er warme Kleidung einpacken und sich ansonsten überraschen lassen sollte. Mehr nicht.

Hätte sie Manuels Gesichtsausdruck sehen können, als er ihre Nachricht las, hätte sie vermutlich schallend zu Lachen begonnen. Mit offenem Mund starrte der minutenlang auf das Display, kopfschüttelnd, aber auch sanft lächelnd.

Manuel war gespannt, was Julja sich hatte einfallen lassen. Eines jedoch stand bereits fest, es würde toll werden, so wie immer, wenn sie zusammen waren.

Lächelnd schickte er ihr ein „Daumen hoch", dann ging er zu seinem Kleiderschrank und suchte alles zusammen, was er brauchte, um auch in klirrender Kälte möglichst nicht zu frieren.

# KAPITEL ACHTZEHN

Pünktlich wie die Maurer stand Julja vor Manuels Tür, die Wangen vor Aufregung gerötet. Der Anblick ließ Manuel erstrahlen, der Julja mit einem zärtlichen Kuss begrüßte. Sie zog grinsend eine Schlafmaske aus der Tasche und reichte sie Manuel. Irgendeine Schlafmaske? Nein, eine Schlafmaske aus Plüsch in der Form eines Rentiers.

Entsetzt blieb Manuels Blick daran hängen, doch dann griff er mit einem herzlichen Lachen danach und setzte sie auf. Julja fiel ein Stein vom Herzen, denn sie wusste, dass eine solche „Verkleidung" viel verlangt war. Umso mehr freute es sie, dass Manuel diese kleine Albernheit mitmachte und damit auch deutlich zeigte, dass er bereit war, sich von ihr überraschen zu lassen. Und es war ja auch nur für einen kurzen Moment, denn schon nach weniger als einer halben Stunde Fahrzeit hatten sie ihr Ziel erreicht und Manuel wurde von seiner Maske befreit.

Als er die Maske lüftete, beobachtete Julja ihn aus dem Augenwinkel und seine Reaktion ließ sie erleichtert ausatmen, was das Grinsen, das der Anblick der Weihnachtsbaumplantage in Manuels Gesicht gezaubert hatte, noch verstärkte. In seine Wohnung passte kein Baum, war sie doch nur, wie er es immer nannte, ein Wohnklo mit Küchenzeile, ein kleines 1-Zimmer-Appartement, mehr nicht. Doch für ihn allein hatte es bislang immer gereicht. Was die Zukunft bringen würde, das würde sich zeigen, und solange blieb dieses Zimmer das, was es im Moment war, sein Zuhause.

Manuel schlüpfte in seine dicke, gefütterte Jacke, zog Handschuhe, Schal und Mütze an und öffnete Julja galant, mit einem tiefen Diener, die Fahrertür. „Mylady", murmelte er, was ihm einen leichten Boxhieb und dann einen lachenden Kuss von seiner Angebeteten einbrachte.

Die gemeinsamen Stunden auf der Plantage waren schöner, als Julja es sich in all ihren Träumen ausgemalt hatte. Arm in Arm waren sie durch die Reihen gebummelt, hatten die Bäumchen betrachtet, den Duft der kalten Luft genossen und eines nach dem anderen verworfen. Bis sie ihn endlich, in einer der letzten Reihen, durch die sie liefen, fanden. Den perfekten Baum. Eine kleine Küstentanne war es, die Juljas Herz auf den ersten Blick erobert hatte, kaum mehr als einen Meter hoch. Sie war gerade gewachsen und hatte dichte, grüne Ästen und Nadeln, die ausreichend Platz für schmückende Anhänger und Lichter boten.

„Die da", zeitgleich sprachen Manuel und Julja es aus, auf die kleine Tanne deutend. Lachend drückte Manuel seiner Julja einen Kuss auf die Stirn, dann reichte er ihr die Werkzeuge und gemeinsam machten sie sich daran, ihren perfekten Baum zu fällen. Auch wenn es Julja immer einen kleinen Stich versetzte und sie zuhause, am Niederrhein, so oft es ging, einen Baum mit Wurzel ausgewählt hatte, der nach den Festtagen einen Platz im Garten gefunden hatte. Hier war das nicht möglich, jedenfalls nicht im Moment und ein künstlicher Baum war für sie einfach keine Alternative.

Es dauerte nicht lange und der Baum war bereit, für den Transport verpackt zu werden. Sie waren wirklich ein gutes Team, stellte Manuel einmal mehr fest.

Zur Belohnung gönnten sie sich mehrere Tassen Kinderpunsch und eine leckere Wildbratwurst, eng aneinander gekuschelt am Lagerfeuer, das sie von außen ebenso wärmte wie von innen. Sie hätten noch ewig so dasitzen können, aneinandergeschmiegt, die Anwesenheit des anderen genießend, sanfte Küsse und zärtliche Berührungen austauschend, wortlos, in stillem Verständnis.

Doch nicht nur die nahende Schließung der Plantage, sondern auch die Tatsache, dass der Baum noch aufgestellt, und im besten Fall auch geschmückt werden wollte, ließ sie, mit einem langen Blick auf das Lagerfeuer und einem wehmütigen Seufzen, aufstehen und den Heimweg antreten.

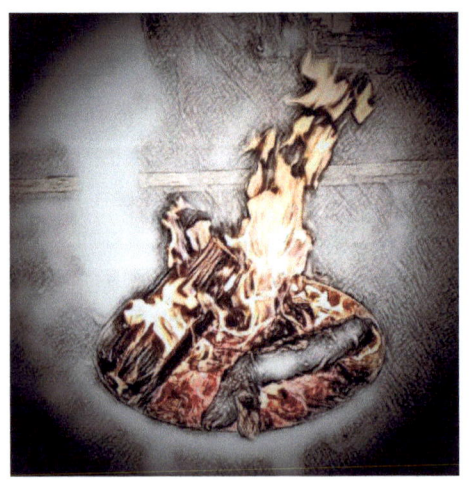

In Juljas Wohnung angekommen, bestätigte sich der Eindruck vom perfekten Baum. Viel schneller als erwartet stand die Tanne am vorgesehenen Platz, fast so, als habe sie schon immer dort gestanden.

Damit war es an der Zeit, ihr den letzten Schliff zu verpassen, was um einiges länger dauerte als der Aufbau. Immer wieder traten Manuel und Julja einen Schritt zurück, um den Baum zu begutachten, hängten etwas um, nahmen etwas ab, fügten etwas hinzu, so ging es gefühlt über Stunden, bis Julja mit dem Gesamtkunstwerk Baum endlich zufrieden war. Sie hatte nicht allzu viel Baumschmuck, nur einige ausgewählte Teile, die sich im Laufe der Jahre angesammelt und alle eine Bedeutung für sie hatten. Umso wichtiger war die Anordnung.

Nun fehlte nur noch eine Sache, das Highlight, das dem Baum im wahrsten Sinne des Wortes die Krone aufsetzen würde, nämlich die Spitze. Sie war Juljas ganzer Stolz und hatte schon den Baum ihrer Großeltern geschmückt, die sie ihr „vererbt" hatten, als sie ihr kleines Häuschen verkauft und in eine Seniorenunterkunft gezogen waren. Eine edle, mundgeblasene Spitze aus Glas, in einem reinen weiß, ganz schlicht, aber wunderschön anzusehen. Fast ehrfurchtsvoll nahm Julja sie aus der Verpackung und reichte sie Manuel. Er war größer und kam besser an die Tannenbaumspitze heran, sie wollte sie ja nicht fallen lassen.

Doch konnte sie nicht anders, als Manuels Hände mit ihren zu begleiten und als er die Spitze vorsichtig, aber sicher, auf dem Baum platziert hatte und ihren Blick suchte, streiften ihre Finger seine Hand, genau dort, wo sich die kleine Sternzeichentätowierung befand. Ihr Daumen verharrte dort, während ihr unwillkürlich wieder die Frage durch den Kopf schoss, was dieses Tattoo wohl für eine Bedeutung hatte. Es war nicht Manuels Sternzeichen, so viel wusste sie.

Als sich ihre Blicke trafen, konnte Manuel die unausgesprochene Frage in Juljas Augen lesen und Tränen ließen seinen Blick verschwimmen. Ganz sanft zog Julja ihn an sich und führte ihn, ohne ihn auch nur für einen Moment loszulassen, zur Couch. Manuels Kopf tief zwischen ihrem Hals und ihrer Schulter versunken, spürte sie seine Tränen auf ihrer Haut. Sanft streichelte sie seinen Nacken, während sich seine Hände fester in ihren Rücken gruben. Sein gedämpftes Schluchzen fühlte sich wie Schwertstiche in ihrem Herzen an. Doch sie war ganz ruhig, stark und ruhig, für Manuel, den Mann, der ihr Herz gestohlen hatte, und der sie nun brauchte. Sie wollte für ihn da sein, so wie er es immer für sie war.

Ohne den Kopf zu heben, begann Manuel irgendwann, als die Tränen langsam anfingen zu versiegen, Julja die traurige Geschichte, hinter dem Tattoo, zu erzählen. Eine Geschichte, die außer seiner Familie nur einige wenige Freunde kannten, die ihn schon seit Schulzeiten begleiteten.

Es war ein Gedenktattoo, ein Gedenktattoo an einen guten Freund, einen Freund, den Manuel schon seit dem Kindergarten gekannt hatte und der bei einem tragischen Unfall, viel zu früh, sein Leben gelassen hatte. Er war mit dem Fahrrad auf einer Landstraße unterwegs gewesen, als ein Autofahrer die Kontrolle über seinen Wagen verloren und ihn angefahren hatte. Manuels Freund war noch an der Unfallstelle verstorben. Doch auch wenn das allein schon ein furchtbarer Verlust war, am meisten litt Manuel noch immer darunter, dass er sich für den Tod seines Freundes verantwortlich fühlte. Denn er war dort nur mit dem Fahrrad unterwegs gewesen, weil Manuel eine Verabredung vergessen hatte. Wobei, vergessen war nicht das richtige Wort, er hatte ihn zu einem Treffen der damaligen Clique abholen wollen, war aber, erschöpft von der Arbeit im Rahmen seiner ersten Ausbildung, eingeschlafen. Er war erst aufgewacht, als das Festnetz geklingelt und eine gute Freundin ihm die schreckliche Nachricht überbracht hatte. Manuel hatte lange Zeit und eine Therapie gebraucht, um das Erlebte halbwegs zu verarbeiten. Doch die Erinnerung quälte ihn noch heute und es fiel ihm schwer, sie zuzulassen und darüber zu reden, sehr schwer.

Julja hörte ihm zu. Sie war einfach da und stand ihm bei. Es brauchte keine Worte, nur ihre Schulter zum Anlehnen und ihre beruhigenden, sanften Berührungen.

Manuel war erleichtert, erleichtert, dass Julja nun die Dämonen kannte, die ihn immer noch quälten. Er war aber auch erleichtert darüber, dass er nun die Gewissheit hatte, dass er nicht immer stark sein musste, sondern mit Julja eine Partnerin an seiner Seite hatte, die stark sein konnte, stark war, wenn er Hilfe brauchte.

Und Julja? Julja hatte eine Seite von sich gezeigt, oder sollte man besser sagen entdeckt, die sie noch nicht gekannt hatte.

Eine Seite, die einfach da war, weil sie in dem Moment gebraucht wurde und die sie zeitgleich von einer ihrer größten Ängste, vielleicht sogar ihrer größten Angst, befreite. Sie hatte immer die Befürchtung gehabt, aufgrund ihrer Unsicherheiten keine Beziehung auf Augenhöhe zu führen oder führen zu können.

Nun war sie sich sicher, dass sie und Manuel zusammen alles schaffen konnten, weil sie sich ergänzten. Sie konnten sich aufeinander verlassen, jeder auf den anderen.

# KAPITEL NEUNZEHN

Als Manuel seinen Kopf wieder hob und sich mit einem dankbaren Lächeln an Julja die letzte Träne aus dem Gesicht wischte, stand der Mond schon am dunklen, sternenklaren Himmel. Es brauchte keine Worte. Als ihre Blicke sich trafen, wussten sie beide, dass Manuel heute nicht nach Hause gehen würde.

Sanft umfasste er Juljas Gesicht und küsste sie zärtlich. Julja bemerkte, dass seine Küsse am Anfang von seinen Tränen noch leicht salzig schmeckten, und strich ihm sanft über die Wangen. Sie ließ sich einfach von ihren Gefühlen leiten, ohne nachzudenken.

Langsam wanderten ihre Hände an seinem Hals hinab über die Schultern und die Rippen. Ohne ihre Lippen von den seinen zu nehmen, ließ sie ihre Hände unter seinen Pullover gleiten und erkundete jeden Millimeter seines Oberkörpers mit ihren Fingern. Erst langsam und vorsichtig, dann immer fester gruben sie sich in seinen Brustkorb, bevor sie langsam hinabglitten, bis sie leicht zitternd seine Gürtelschnalle ertastete.

Für einen kurzen Moment löste sie ihre Lippen von seinen und blickte ihm fest in die Augen. Manuel nickte kaum merklich, ergriff mit seinen Händen den Saum ihres Pullovers und zog ihn sanft über ihren Kopf. Der Anblick ihrer Brüste in den schlichten, mit

Spitze verzierten, Dessous, ließ sein Herz schneller schlagen. Er konnte ein leises Stöhnen nicht unterdrücken.

Manuel zog Julja vom Sofa hoch und drückte sie fest an sich, während seine Lippen ihren Hals liebkosten. Kurz suchte er ihren Blick, der ihn bestätigte. Dann landeten sein Pullover und ihr BH auf dem Boden und er genoss es, ihre Brüste auf seinem Körper zu spüren.

Ohne einander loszulassen, fanden ihre zitternden Hände die Gürtel und Knöpfe des anderen und nur Sekunden später rutschten die Hosen auf die Knöchel herunter.

Eng umschlungen standen sie da, schlüpften aus ihren restlichen Sachen, während ihre Lippen die Haut des anderen mit zärtlichen Berührungen verwöhnten.

Ein erneuter, kurzer Augenkontakt, und Manuel hob Julja sanft auf seine Arme und trug sie auf das Bett, wo sie ihre Körper leidenschaftlich aneinanderdrückten, während ihre Lippen unablässlich Küsse austauschten.

Einander so nah zu sein, sich zu spüren, war das, wonach sie beide sich lange gesehnt hatten. Nun war es endlich so weit. Sie ließen sich Zeit, genossen den Moment und jeden Augenblick, jede Berührung, während sie den Körper des anderen mit ihren Händen und Lippen erkundeten.

Mit jeder Sekunde steigerte sich ihre Erregung, bis sie einander fanden und sie sich, leise stöhnend, fallen ließen und einander hingaben.

Erschöpft lagen sie da und schliefen glücklich und zufrieden, eng aneinander gekuschelt, ein.

Mitten in der Nacht wurde Manuel von einem Windhauch an seinem Gesicht geweckt. Er vernahm ein Geräusch, das er nicht kannte und auch nicht zuordnen konnte. Es klang fast wie Musik, leise und glockenklar. Als er die Augen öffnete, war er sich sicher zu träumen. Mitten vor seinem Gesicht schwebte eine Fee in einem lilafarbenen Kleid, mit silbrig glänzenden Flügeln, die sich die Hände vor den Mund schlug. Zumindest war es das, was er im Licht der, durch das Fenster fallenden, Straßenbeleuchtung zu sehen glaubte.

Eine Stimme in seinem Kopf bat Manuel, leise zu sein und in die Küche zu schleichen. Er konnte nicht erklären, warum, doch irgendwie erschien es ihm logisch, genau das zu tun. So schluffte er, wie Gott ihn geschaffen hatte, in die Küche.

Als Manuel das Licht einschaltete, sah er, wie Nala den Kopf hob und ihn verschlafen anblinzelte. Als er die Küchenlampe Sekunden später noch nicht wieder ausgeschaltet hatte, trottete die Katze mit einem vorwurfsvollen Maunzen an ihm vorbei in Richtung Wohnzimmer. Neben seinen nackten Füßen blieb sie kurz stehen, um ihm einen schmollenden Blick zuzuwerfen. Zumindest kam es Manuel so vor.

Doch es war nicht Nala, der in diesem Moment seine Aufmerksamkeit galt. Mit offenem Mund blieb Manuels Blick an dem kleinen Sitzbereich in der Küche hängen. Dort saß tatsächlich eine Fee auf einer der Lehnen der Küchenstühle und grinste ihn breit an. Das Licht der Lampe ließ ihre Flügel herrlich funkeln.

Als Manuel ihrem Blick folgte, lief er hektisch ins Bad, um seine Blöße mit einem Handtuch zu bedecken. Tilly folgte ihm und ihr glockenhelles Lachen hallte von den Fliesen des Badezimmers wider. Fest davon überzeugt zu träumen, unterhielt sich Manuel mit der liebenswerten Fee, bevor er wieder, eng an Julja gekuschelt, einschlief. Das Letzte, was er wahrnahm, war diese Stimme in seinem Kopf, Julja nichts von diesem Treffen zu verraten.

Von da an traf Manuel die Fee noch einige Male, meistens dann, wenn er alleine mit Donnie spazieren ging. Der Rüde liebte es, mit der Fee herumzutollen und auch für Manuel war dies vollkommen normal, etwas, was Tilly mit einem zufriedenen Lächeln quittierte. Feen hatten nun mal ganz spezielle Fähigkeiten und manchmal, in besonderen Situationen, setzten sie diese auch ein. Natürlich immer nur zum Guten, ein Grund, warum sie sich normalerweise von Menschen fernhielten. Sie wussten, was diese anrichten konnten, wenn sie die Feen zwangen, ihre Fähigkeiten für sich und ihre eigenen, egoistischen Ziele einzusetzen. Dabei kam leider nie etwas Gutes heraus.

# KAPITEL ZWANZIG

Nicht nur Julja und Manuel genossen die besondere Stimmung der Adventszeit. Auch Tilly war von dem festlich geschmückten Tannenbaum und dem stimmungsvollen Kerzenlicht, das Juljas Wohnung erstrahlen ließ, begeistert. Sie verbrachte fast die gesamte Zeit in der Wohnung. Ihr neuer Lieblingsplatz war eine kleine freie Stelle im Tannenbaum. Diese war fast wie eine Höhle zwischen den Zweigen und Nadeln, in der Tilly sich stundenlang aufhalten und den herrlichen Geruch des Baumes, das Flackern der Lichter und die Schatten, die das Licht an die Wände warf, genießen konnte.

Eine noch größere Faszination übte allerdings der Mittelalter-Weihnachtsmarkt im Stallhof auf die Fee aus. Ganz besonders gefiel ihr die Live-Musik und die Fürstentafel im Arkadengang, wo sie selbst bei Schnee und Regen gut geschützt war und das muntere Treiben auf dem historischen Weihnachtsmarkt beobachten konnte. Wenn sie Glück hatte und die Menschen nicht so genau darauf achteten, was um sie herum passierte oder dem Glühwein schon häufiger zugesprochen hatten, konnte sie sich sogar ein Stückchen frisches Brot und etwas Landschmalz von der langen Tafel stibitzen.

Doch all das war Nichts im Vergleich mit dem Striezelmarkt. Tilly konnte sich gar nicht sattsehen an all den Lichtern und den Ständen, mit ihren vielfältigen Angeboten. Ganz zu schweigen von dem betörenden Geruch von frisch gebackenem Dresdner

Stollen und Pfefferkuchen aus Pulsnitz und natürlich dem Glühwein, den die Besucher aus der Striezelmarkttasse tranken.

Ihren ersten Besuch auf diesem ganz besonderen Weihnachtsmarkt hatte Julja nicht wie erträumt mit Manuel, sondern mit ihren Kolleginnen und Kollegen erlebt. Nach der Arbeit hatten sie gemeinsam einen Abstecher dorthin gemacht und sich neben leckerem Essen auch den ein oder anderen Glühwein gegönnt. Bis sie, ziemlich angeheitert, nach einer Runde auf dem Etagenkarussell den Heimweg angetreten hatten.

Seitdem stand ein Pflaumentoffel in der kleinen Vitrine im Wohnzimmer, eine aus Backpflaumen zusammengesteckte Schornsteinfegerfigur. Ursprünglich sollte der Pflaumentoffel die Kommode im Flur zieren. Doch dort hatte er nur einige Minuten gestanden. Kaum hatte Julja den Schornsteinfeger auf den vorgesehenen Platz gestellt, war Nala auch schon auf ihn aufmerksam geworden. Die neugierigen Blicke der Katze waren Julja nicht entgangen und fast postwendend hatte es energische Worte gebraucht, um Nala davon abzuhalten, sich den Pflaumentoffel zu schnappen und mit ihrer Beute zu verschwinden. Zwei weitere Versuche später hatte Julja die Nase vollgehabt. Seitdem stand der Pflaumentoffel vor der Katze geschützt hinter Glas. Was allerdings nichts an den begierigen Blicken von Nala änderte. Vermutlich würde er dort auch noch eine Weile stehen, denn für Julja war er eine schöne Erinnerung an ihren ersten Besuch auf diesem besonderen Weihnachtsmarkt, zusammen mit ihren Kollegen.

Doch heute war es endlich so weit, sie würde gemeinsam mit Manuel den Striezelmarkt besuchen. Darauf freute sie sich schon, seit er eröffnet worden war. Sie hatte extra noch einen Ausflug zu Bettys Laden gemacht und sich mit einem wunderschönen, handgemachten Set aus einer gestrickten Wollmütze mit passendem Schal und Handschuhen eingedeckt. Und Patrick war vorbeigekommen, um ihr die Haare zu stylen, sodass sie unter der Mütze perfekt zur Geltung kamen. Zum Abschied hatte er sie umarmt und ihr ins Ohr geflüstert, dass sie den Tag genießen sollte. Und genau das hatte sie vor, einen schönen Tag auf dem schönsten Weihnachtsmarkt, den sie je besucht hatte, zu verbringen.

Manuel legte Julja den Arm um die Schulter, während sie gemeinsam über den Striezelmarkt bummelten und die Auslagen der Händler bestaunten. Er war bemüht, seine Nervosität zu verbergen, denn er hatte etwas ganz Besonderes vor. Doch bis dahin wollte er die Zweisamkeit, soweit man davon auf einem pickepacke vollen Weihnachtsmarkt überhaupt sprechen kann, genießen.

Er liebte den Anblick von Juljas strahlenden Augen, die den Weihnachtsmarktbesuch und jedes Detail wie ein neugieriges Kind in sich aufzusaugen schien. Ihre Begeisterung und ihre Freude waren ansteckend und so vergaß Manuel binnen kürzester Zeit seine Anspannung und Nervosität und genoss jeden Augenblick.

Als sie an der weltgrößten erzgebirgischen Stufenpyramide ankamen, zwang Manuel seine Liebste sanft stehen zu bleiben und nicht nur die Pyramide, sondern auch ihn anzusehen.

Lächelnd legte er Julja eine Hand an die Wange und blickte ihr tief in die Augen, während er mit der anderen Hand in der Jackentasche nestelte. Nach kurzer Suche zog er einen erzgebirgischen Anhänger heraus, den er vor Juljas Gesicht baumeln ließ. Es war ein schwebender Engel, der ein Spruchband in den Händen hielt.

Nun, da der Moment gekommen war, schienen all die Worte, die er sich vorher sorgsam zurechtgelegt hatte, einfach verschwunden. Nach einem Blick in Juljas Augen, in denen sich die Lichter des Weihnachtsmarktes spiegelten, ließ er sein Herz sprechen:

„Julja, du bist ein ganz besonderer Mensch und ich bin froh, dass du ein Teil meines Lebens bist, in dem ich dich nicht mehr missen möchte. Dieser Anhänger steht für unser erstes gemeinsames Weihnachtsfest, dem hoffentlich noch viele weitere folgen werden. Ich liebe dich!"

Noch nie hatte er diese drei Worte ausgesprochen und nun wartete er nervös auf Juljas Reaktion. Obwohl er sich sicher war, dass sie seine Gefühle erwiderte, zog sich sein Magen bei dem Gedanken daran, dass er sich irren könnte, schmerzhaft zusammen.

Hinter Manuel erblickte Julja ihr Spiegelbild in einer der vielen wunderschönen Dekorationen und nickte diesem zu.

„Ich liebe dich", flüsterte sie in Manuels Ohr, während sie ihrem Spiegelbild zulächelte. Ihre Worte galten ihnen beiden.

Auf einem der Kurrendesänger, die auf der vorletzten Etage der Stufenpyramide standen, drehte Tilly ihre Runden und freute sich, glockenhell lachend, für ihre beste Freundin.

## *Ende*

# EPILOG

Eine ganz besondere Zeit im Jahr für alle Feen sind die Rauhnächte, so wie es früher auch einmal für die Menschen gewesen war. Vor langer Zeit hatten Menschen und Feen sogar friedlich miteinander gelebt und das Fest gemeinsam gefeiert. Doch mit der Zeit hatten die Menschen ihren Glauben und ihr reines Herz verloren, und so war diese Freundschaft zerbrochen und von den besonderen Nächten waren für die meisten Menschen nicht mehr als seltsame Mythen und Aberglauben geblieben.

Besonders unverständlich für die Feen war der Mythos, dass die Tiere in den Rauhnächten um Mitternacht zu den Menschen gesprochen und die Zukunft vorausgesagt haben sollen, wobei die Tiere sprechen zu hören den sicheren Tod für die Person bedeuten sollte. Immer, wenn sie diesen Mythos hörte, konnte Tilly nur mit dem Kopf schütteln, schließlich sprachen die Tiere doch immer; die Menschen hatten nur verlernt, sie zu verstehen.

Oft dachte Tilly wehmütig an diese Zeit zurück, fühlte sich aber auch gesegnet, dass sie eine so wundervolle menschliche Freundin an ihrer Seite hatte und auch die Beziehung zu Manuel wurde immer enger. So war es nicht verwunderlich, dass sie sich wünschte, zumindest eine Rauhnacht mit den beiden zu feiern. Gerne wollten die Zwei ihr diesen Wunsch auch erfüllen.

Und so machten sie sich gemeinsam auf den Weg zu dem Mittelalter-Markt im Stallhof, der Tillys Herz erobert hatte und nicht, wie viele andere Weihnachtsmärkte, nach den Weihnachtsfeiertagen endete, sondern auf dem auch noch die Rauhnächte gefeiert wurden.

Sie ergatterten einen gut geschützten Sitzplatz im Arkadengang, der es Tilly ermöglichte, vor den Blicken der Menschen geschützt, die Rauhnacht zu feiern.

Das mittelalterliche Spektakel versetzte die Fee für den Moment in die alten Zeiten zurück. Die Menschen in Harnischen und anderen mittelalterlichen Gewandungen trugen ihr Übriges dazu bei, genauso wie die Musiker und Gaukler. Mit einer Mischung aus kindlicher Begeisterung und ein wenig sehnsüchtiger Melancholie genoss Tilly das bunte Treiben. Die gemeinsamen Momente mit Julja und Manuel zeigten ihr deutlich, dass das Glück der beiden nicht zwischen ihr und Julja stehen würde. Niemals.

Bemüht es sich nicht anmerken zu lassen, beobachtete Manuel amüsiert, wie die Fee in ihrer Begeisterung versuchte, Julja zu Dingen zu überreden, von denen sie beide wussten, dass sie die niemals machen würde. Als Tilly vorschlug, dass sie doch ein Bad in der Menge nehmen könnten, was auf diesem Markt bedeutete, in einem hölzernen Badezuber gemütlich gemeinsam etwas zu trinken, riss Julja so entsetzt Mund und Augen auf, dass Manuel sein Lachen einfach nicht mehr unterdrücken konnte. Als er jedoch in das enttäuschte Gesicht der Fee sah, schluckte er sein Lachen herunter. Es war Tillys Tag und den sollte sie in vollen Zügen genießen, also musste schnell eine sehr gute Alternative zu dem Badehaus her.

Während die Gedanken in seinem Kopf rasten, blieb Manuels Blick an dem Stand hängen, an dem man sich in einem barocken Bilderrahmen fotografieren lassen konnte. Eine schöne Erinnerung an den Marktbesuch, die nicht nur von Paaren, sondern auch von Cliquen begeistert angenommen wurde. „Wie wäre es stattdessen mit einem Erinnerungsfoto", schlug er daher vor und deutete zu dem Fotografen hinüber. Für einen Moment blickte Julja ihn an, als habe er den Verstand verloren, doch Manuel lächelte sie beruhigend an. „Tilly kann sich auf meiner Schulter hinter meinem dicken Schal verstecken und sich nur ganz kurz in dem Moment zeigen, wenn das Foto gemacht wird. Keine Sorge, das wird schon klappen."

Julja neigte zweifelnd den Kopf, aber Tilly klatschte vor Freude in die Hände, während sie sich um die eigene Achse drehte und so gab sie nach und betete innerlich, dass Manuel recht behalten würde.

Schon der erste Schnappschuss war perfekt. Manuel und Julja strahlten, mit vor Kälte leicht geröteten Wangen, um die Wette und Tilly hatte genau im richtigen Moment den Schutz von Manuels Schal verlassen und lächelte glücklich in die Kamera.

Von diesem Foto gab es drei Abzüge. Manuel und Julja hatten jeweils einen Abzug, den dritten Abzug, im Miniformat und laminiert, um bei Wind und Wetter geschützt zu sein, bewahrte Tilly in ihrem Feenzuhause auf dem Friedhof auf.

Dorthin war sie nach dem Marktbesuch direkt geflogen und schmiedete schon fleißig Pläne für die Rauhnächte im nächsten Jahr. Juno, ihre Nachbarin, hatte sogar schon angedeutet, dass sie vielleicht mitkäme. Tilly war zuversichtlich, in den kommenden Monaten auch noch die ein oder andere weitere Fee von einer gemeinsamen Feier überzeugen zu können. Fast so wie damals, in den längst vergangenen Zeiten.

Auch Julja und Manuel waren nach dem Marktbesuch noch weitergezogen und ließen den Tag in der Volstead-Lounge ausklingen, eine der wenigen gemeinsamen Zeiten dort, in denen Manuel nicht hinter dem Tresen stand. Sie ließen sich einen Supplapp schmecken, den Cocktail mit Zuckerrübensirup, der es mittlerweile auf die Karte geschafft hatte. Den Namen verdankte er Julja, die ihn in Erinnerung an ihre niederrheinische Heimat ausgesucht hatte.

Händchenhaltend und ihren Gedanken nachhängend blickten sie sich tief in die Augen. Sie wussten nicht, was die Zukunft für sie bereithielt, aber sie freuten sich darauf, es herauszufinden. Gemeinsam.

## *Ende*

Wer mich und meine Bücher schon ein wenig kennt, der weiß, dass ich diese immer mit einem Rezept oder Basteltipp oder etwas in der Art beende, passend zu der jeweiligen Geschichte. Diese „Tradition" möchte ich fortsetzen und darum möchte ich das Rezept für den weltbesten Schokoladenpudding verraten. Mein Papa hat ihn zu jedem Festtag gemacht und er war immer heiß begehrt. Wer mein Jugendbuch „Adwoa – Das schwarze Einhorn" kennt, dem wird das Rezept bekannt vorkommen, aber der Pudding ist so lecker, dass es eine Wiederholung verdient.

# Der weltbeste Schokoladenpudding
## von meinem Papa
### (Erwins Schokoladenpudding - ein Familienrezept)

Zutaten:

100 Gramm Vollmilchschokolade
100 Gramm Zartbitterschokolade
1 kleine Dose Kondensmilch (ca. 175 Gramm)
200 Gramm Schlagsahne

Zubereitung:

Die Schokolade hacken bzw. in Stücke brechen und mit der Kondensmilch im Wasserbad schmelzen. Die Schokoladenmasse etwas abkühlen lassen. Die Sahne schlagen und unterheben. Den Schokoladenpudding im Kühlschrank fest werden lassen.

Mein Papa hat die Schokolade immer ohne die Kondensmilch geschmolzen und die Kondensmilch dann erst zugegeben. Das erfordert aber ein bisschen Fingerspitzengefühl für die richtige Temperatur etc., damit sich keine Klümpchen bilden.

## Eine Dilogie besteht nicht nur aus einem Buch

Neben meiner Geschichte „Tilly – eine Fee zu Weihnachten"

wird es noch

„Wie der Kaiser im Porzellanladen"

von Margarethe Alb in unserer Dilogie geben.

## „Wie der Kaiser im Porzellanladen"

Nach dem Einbruch der Dunkelheit geht im Dresdner Zwinger die Post ab. Als in der Nacht des 20. Dezember der erste Wintersturm um die Ecken pfeift, zerbricht nicht nur ein Fenster. Ein Verbrechen, von langer Hand geplant, kommt zur Ausführung. Die Porzellanballerina Lysande von Meißen wird

gestohlen. Oder sollte man sagen, entführt? Immerhin gehört sie zu den sogenannten belebten Bewohnern der Museen, die allnächtlich ihre Podeste und Vitrinen verlassen, um ihren Alltagsgeschäften nachzugehen. Wird sie bis zum Weihnachtsfest wieder auftauchen? Und was hat das Glockenspiel im ebenso genannten Tor des Zwingers damit zu schaffen? Was die Frage aufwirft, ob Glocken reden können?